KB169676

절망과 열정의 시대

절망(絕望)과 열정(熱情)의 시대(時代)

일제강점기 장르 단편선

홍지운 · 이작 · 배명은 · 최희라 · 곽재식

구픽

정직한 첩보원

곽재식

세상에는 인생을 살면서 가능하면 가지 않는 것이 좋은 장소들이 있다. 정영재가 방문한 총독부 지하 정보실의 세 번째 부서의 업무 공간은 그 대표적인 예시라고 할 수 있는 곳이다. 그곳에는 두꺼운 벽으로 사방이 가로막혀 주위의 모든 일을 잊을 수 있는 좁고 어두운 사무실 몇 개가 있었고, 그 외에는 커다란 중앙 공간이 썰렁하게 하나 마련되어 있을 뿐이었다.

그 공간의 천장 위를 걸어 다니고 있는 대부분의 사람들은 그런 곳이 있다는 사실을 알지 못했다. 특히 대부분의 사람들이 알지 못하면 오히려 삶에 많은 도움이 될 곳은 중앙 공간이었다. 정확히 어떻게 활용하는 것인지 상상할 수 없지만 한눈으로 보기에도 사람을 고문하는 장소라는 점은 바로 알 수 있는 곳이었다. 건물의 구조나 내부 물건의 모습을 보고 아는 것이 아니라 그 속을 감돌고 있는 공기 속에 사람의 고통과 절망이 깃들어 있기 때문에 그곳의 성격을 알 수 있게 된다는, 그런 느낌을 주는 장소였다.

지부장은 사무실 쪽으로 정영재를 데려갔다. 그리고 자리에 앉더니 서 있는 그를 향해 물었다.

"너는 조선인 아닌가? 이런 일을 잘 할 수 있겠나?"

정영재는 그가 원하는 대답이 무엇인지 알고 있었다.

"조선인과 일본인의 구분이 왜 필요합니까? 이미 조선이 멸망해 일본의 일부가 된 지도 30년이 지났습니다. 저의 아버지와 어머니는 조선이라는 나라가 있던 시절에 조선 땅에서 태어나 자라났지만 저는 조선이라는 나라가 있지도 않은 시절에 일본의 도쿄에서 자라났습니다. 그래서 일본 말을 배우고 일본 친구를 사귀고 일본 학교를 다니며 성장했습니다. 일본을 위협하는 범죄자들을 붙잡아 일본을 더 안전하게 하는 일이라면 누구보다 나서서 하고 싶습니다."

지부장은 고개를 끄덕거렸다. 그렇지만 무엇인가 피곤하다는 생각을 떨칠 수 없는지, 북어 대가리 같은 자기 얼굴을 한 손으로 계속 쓰다듬었다. 지부장은 무슨 장부를 하나 펼쳐서 이것저것 살펴보았다. 정영재가 언뜻 넘겨다 보니 지금 그에게 내어 줄 예산이 얼마나 되는지 살펴보는 것 같았다.

"무엇이 필요한가?"

"조선인들의 비밀 조직에 스며들기 위해서는 아무래도

꽤 중요한 일을 하고 있는 총독부의 높은 사람처럼 보이는 게 좋겠지요."

"좋아. 독일제 자동차와 이탈리아제 양복을 마련해 주지. 더 필요한 건 없나?"

"조선인들은 술을 좋아하니, 프랑스제 포도주도 괜찮은 것으로 한 병 마련해 주면 좋겠습니다."

"마실 술에 대한 예산까지 받아 가겠다고? 너무 많은 예산을 받아 가려는 것 아닌가?"

"지하광복단 조직이 한 번 활동을 개시하면 총독부에 있는 고위 인사 몇 명을 죽이려 들지 모릅니다. 커다란 별을 계급장에 붙이고 있는 높은 나리들의 목숨 몇을 구하는 값인데, 술 한두 병을 아까워할 필요는 없다고 생각합니다."

지부장은 다시 한 번 자기 얼굴을 쓰다듬었다.

"높은 사람 앞에서 신입 대원이 굉장히 겁 없이 말하는군. 일본군의 절도가 이렇게까지 형편 없어졌나?"

"일본군의 절도는 여전합니다. 다른 점은 제가 유난히 겁이 없다는 점뿐입니다. 그리고 겁이 없는 것은 이런 일을 하는데 장점이라고 생각합니다."

지부장은 아무 말로도 대답하지 않았다. 맞는 말이라는 뜻 같아 보였다.

한 시간 후, 정영재는 지하광복단의 단원들이 자주 나타난다는 호텔 1층을 걸으며 두리번거리고 있었다. 정영재는 호텔을 드나드는 사람들의 얼굴을 한 번씩 훑어보았다.

대부분의 사람들은 그냥 더 많은 돈을 버는 것 이외에는 삶의 다른 영역에 대해서는 아무것도 관심이 없는 머저리들로 보였다. 그러나 그런 머저리들 같아 보이는 사람들 중에 훨씬 더 위험한 사람들이 섞여 있다. 그 차이는 아주 작다. 같은 사람이지만, 서 있을 때 보면 며칠 후 딸 결혼식이 어떻게 될지 걱정하고 있는 영감 같아 보인다. 그렇지만 같은 사람을 앉아 있을 때 보면 조선 총독을 암살할 폭탄을 만드는 방법을 고민하는 사람 같아 보일 수도 있다.

한참을 그렇게 살펴보다가 정영재는 비싼 옷이지만 비싼 옷을 입은 사람들 사이에서는 전혀 눈에 뜨이지 않을 만한 정도의 비싼 옷을 입은 30대 여성 한 명을 발견했다. 오늘 보고 있던 사람들 중에서는 가장 지하광복단 단원일 가능성이 높아 보이는 사람이었다. 멍청하고 머저리 같아 보인다는 점에서는 다른 많은 사람들과 다를 바가 없었다.

그런데 그 사람은 특히 멍청하고 머저리 같아 보였다.

사람이 저 정도로 한심해 보일 수가 있을까? 일부러 멍청해 보이려고 꾸미는 것 아닐까?

정영재는 그 사람 앞으로 갔다. 나중에 알게 된 것이지만 그 사람은 홍춘화라는 인물이었다. 정영재는 홍춘화에게 바로 궁금한 것을 물었다.

"지하광복단 단원이시지요? 단장을 뵙고 싶습니다. 안내해 주실 수 있겠습니까?"

알고 싶은 것을 있는 그대로 솔직하게 물어보는 것은 이 바닥에서도 나쁜 방법만은 아니다. 만약 잘못 알아보고 엉뚱한 사람을 지하광복단으로 추정한 것이라면, 그 사람은 '지하광복단'이라는 말이 무슨 말인지도 제대로 못 알아들을 것이다. 그러면 물어본 쪽에서는 그냥 "미안합니다. 사람을 잘못 봤습니다."라고 넘어가면 된다.

만약 요행, 짐작한 사람이 정말 지하광복단이 맞다면, 그 지하광복단 단원은 갑작스럽게 들켰다는 사실 때문에 얼굴색이나 태도가 변하게 된다. 어쩌면 크게 당황할지도 모른다.

"무슨 목적 때문이지요?"

정영재의 말을 들은 홍춘화의 표정에서 멍청함이 순식간에 사라졌다. 정영재의 입장에서는 운이 좋게도 첫 번째 시도에 주사위가 이기는 눈이 나왔다는 뜻이었다.

곧 정영재는 홍춘화의 안내를 따라 번화가 뒷골목에 있는 '노르웨이어 교습소'라는 곳에 갔다. 그 사무실은 노르웨이어를 가르쳐 주는 곳은 전혀 아니었다. 노르웨이나 노르웨이어에는 거의 전혀 관심이 없으며, 대신 대한독립에 대해서는 매우 관심이 많은 지하광복단의 단원들이 모이는 장소였다.

"왜 노르웨이어 교습서라는 간판을 달아 놓은 거요?"

"아무도 관심을 가지지 않을 만한 곳처럼 보이고 싶어서."

건물 2층으로 올라가는 통로를 지나갈 때, 홍춘화는 좀 빠른 걸음으로 움직여 재빨리 2층 문을 열고 들어갔다. 그리고 정영재가 계단을 아직 오르고 있을 때 그 문이 닫혔다. 정영재는 눈앞에서 닫힌 문을 다시 열고 2층 사무실로 들어갔다.

문이 열리자, 정영재의 이마 앞에 차가운 금속이 닿았다. 그것은 홍춘화가 들고 있는 권총 끝부분이었다.

홍춘화 말고도 세 사람의 착실하고 똘똘하게 생긴 젊은이들이 문 앞에 서서 그를 향해 권총을 겨누고 있었다. 사실 셋 중 한 명은 권총 대신에 긴 쇠꼬챙이 같은 것을 들고 있었다. 그 억센 쇠꼬챙이는 권총 소리가 크게 울려 퍼지는 것이 싫을 때에 권총이 하는 역할을 소음 공해 없이 수행하기 위한 도구인 듯 보였다.

"뭐 하는 놈이야? 왜 우리를 찾아왔지?"

정영재는 주위를 둘러보았다. 목숨을 없앨 무기들이 아주 가까이 배치되어 있는 것을 보자, 정영재의 얼굴도 조금은 긴장되는 것 같아 보였다. 그래서 그는 어떻게 하는 것이 정말 좋을까 잠깐 고민하기도 했다.

그의 앞에 무기를 들고 서 있는 사람들은 오랫동안 나라 잃은 설움에 북받쳐 있는 사람들이었고, 나라를 구하겠다는 강한 의지를 긴 시간 가다듬어 온 사람들이기도 했다. 이런 사람들에게는 조금만 밉보여도 건강에 큰 문제가 생기기 마련이다.

결국 정영재는 가장 좋은 방법이 정직하게 말하는 것이라는 결론에 어렵지 않게 도달했다.

"나는 조선총독부 지하 정보실의 비밀 직원이오. 독립운동에 참여하고 싶어 하는 조선 사람인 척하고 지하광복단에 들어가서, 지하광복단이 어떤 곳인지, 무슨 일을 꾸미고 있는지 알아내라는 명령을 받았소."

너무나 쉽게 정영재의 정체에 대한 이야기를 들은 지하광복단 무리들은 놀라워했다. 한편으로는 좀 실망한 것 같아 보였다. 그들은 다시 물었다.

"네 정체가 누구인지, 무슨 일을 하러 우리에게 찾아

왔는지, 그런 이야기는 중요한 비밀 아닌가? 왜 사실대로 말하는 거지? 조선총독부 지하 정보실이라면 대단히 지독한 곳으로 알고 있다. 너는 그렇게 지독한 곳의 대원이면서 어떻게 그렇게 쉽게 우리에게 그 비밀을 말해 주는 건가?"

"그런 조선총독부의 비밀을 말해 주면서 당신들을 돕고 싶기 때문이오. 당신들을 돕지 않는다면 총독부의 졸개 따위가 여기까지 왜 왔겠소? 죽으려고 왔겠소?"

"네가 조선총독부의 비밀을 우리에게 알려 준다고?"

"그렇소. 그 비밀 정보를 잘 활용해서 조선 독립을 노리든, 광복을 하든, 세계 정복을 해 보든 그건 당신들 마음대로 하시오."

"어떻게 우리에게 중요한 가치가 있는 조선총독부의 비밀을 네가 알려 줄 수 있다는 거지?"

"나는 조선총독부 지하 정보실의 신뢰를 얻을 것이기 때문이오. 지하 정보실 높은 사람들이 한번 나를 믿기 시작하면 나는 조선총독부의 갖가지 서류들을 살펴보고 당신들에게 중요한 정보를 빼내서 전해 줄 것이오."

"그러니까, 네가 우리 지하광복단을 위해 조선총독부 쪽에 들어가서 우리 간첩 역할을 해 준다는 것인가?"

"간첩이라는 단어는 좀 듣기 좋지 않소만. 크게 보면

뜻은 통한다고 할 수 있겠소."

지하광복단 무리들은 정영재의 제안을 금방 받아들이지는 못했다. 이들과 총독부 사람들의 관계라고 하는 것은 권총부터 쏘아 대다가, 붙잡히면 고문으로 이어지는 것이었다. 이런 관계는 건강한 관계라고 할 수 없다. 그들은 독일제 자동차를 탄 이탈리아제 양복을 입은 사람이 프랑스제 포도주 한 잔을 권하며 차분하게 구미에 맞는 제안을 건네는 방식은 한 번도 경험해 본 적이 없었다.

한참 자기들끼리 의논을 한 후, 홍춘화가 정영재 앞에 다시 나타났다.

"네가 총독부 지하 정보실에서 정보를 빼내 올 수 있다면, 그렇게 하기 위해 필요한 게 뭐지?"

"당신들의 정보요. 귀중한 정보. 정확히 말하면 귀중해 보이는 정보."

"우리 정보가 필요하다고?"

"그렇소. 총독부에서 봤을 때 내가 일을 잘하고 있어서 믿을 만하다고 느끼게 해 줄 수 있을 정도로 좋은 결과를 그놈들에게 보여 주어야 하오. 예를 들면, 이 노르웨이어 교습소가 사실은 당신들이 작당하며 모이는 곳이라는 이야기를 총독부 지하 정보실에 보고하면, 거기 지부장은 정말 좋아할 거요. 아마 육군 병력을 100명이나 500명쯤 보내서 이 건물을 모조리 박살내고 싶어할지도 모르오."

"그러면 우리는 어떻게 되는 거지?"

"뭘 어떻게 되긴 어떻게 되겠소? 총독부에 뭐라고 이야기해 줄지는 당신들에게 내가 지금 미리 이렇게 알려 주고 있지 않소? 그러니 총독부에서 당신들을 습격할 병사들을 보내기 전에 다른 곳으로 근거지를 옮겨 피하면 되는 것이오."

"우리가 왜 그런 번거로운 짓을 해야 하는 건데?"

"그렇게 하고 나면 총독부가 나를 철석같이 믿을 거란 말이오. 그러면 나는 그놈들로부터 정보를 빼내서 당신들에게 계속 전해줄 거라니까."

홍춘화는 다시 잠시 생각에 빠진 것 같았다.

"우리 사무실이 사실은 노르웨이어 교습소라는 것 말고 다른 것은 뭔가 필요한 게 없나?"

"총독부 놈들에게 내가 당신들의 완전한 신뢰를 얻었다는 것을 증명해야 할 테니, 당신들이 나에게 비밀스러운 일을 처리할 돈으로 쓰라고 금이나 은을 주었다고 하면 좋을 것이오."

"미국 달러 금화 같은 것을 주면 될까?"

"넉넉히만 준다면 좋을 거요. 그리고."

"그리고?"

"인삼을 넣어 잘 빚은 값비싼 약주 한 병 없겠소? 일본인들이 술을 좋아하니 환심을 사는 데 도움이 될 거요."

다음 날, 정영재는 머리통에 총알구멍이 뚫리지도 않고, 심장이 날카로운 꼬챙이에 꿰어지지도 않은 건강한 상태로 잠자리에서 일어났다. 얼굴을 두들겨 맞거나 채찍질을 당하는 경험을 하지도 않았다. 그 대신 방 안에 진열해 둘 향기로운 술 두 병을 갖고 있는 상태였다.

정영재는 글러브 박스에 금화를 담아 놓은 독일제 자동차를 몰고 총독부 건물로 갔다. 그리고 곧장 지하 정보실로 내려갔다. 중앙 공간은 여전히 끔찍한 느낌이 드는 공간이었다. 그렇지만 조금은 친숙해진 것 같다는 생각도 들었다.

지부장이 정영재에게 물었다.

"어떻게 되었지?"

"계획대로 되었습니다. 지하광복단의 단원들을 저를 완전히 믿고 있습니다. 저 역시 조선 광복을 위해 싸우는 사람이라고 생각하고 있지요. 저는 그 녀석들이 사용하고 있는 비밀 사무실이 어디인지도 알아냈습니다."

"뭐라고?"

지부장은 기대 이상의 결과에 놀라는 눈치였다.

"노르웨이어 교습소 간판을 달고 있는 곳이 그들의 비

밀 사무실이더군요."

"노르웨이어 교습소? 앙큼하구만. 하기야 조선에서 노르웨이어라면 아무도 관심을 가지지 않을 만하지."

"그런 생각을 했던 것 같습니다."

"좋아. 당장 그곳에 병력을 보내서 놈들을 쓸어 버리는 거야."

"그런데."

"그런데?"

지부장은 들떠 있는 눈치였다. 정영재는 그를 조금은 진정시킬 필요가 있다고 생각했다.

"만약 이번에 지하광복단을 모조리 다 잡지 못한다면, 다음 기회를 노리기 위해서는 제가 그들에게 뭔가를 주어야 합니다. 그들에게 믿을 만해 보여야 그들이 저에게 계속 정보를 줄 테니까요."

"무슨 뜻이지?"

"총독부의 정보를 일부러 지하광복단에게 맛보기로 좀 건네 주어야 한다는 것입니다. 예를 들어, 총독이 어느 행사에 나타날 예정이더라 등등의 일정을 미리 건네 주면 좋겠죠. 그러면 지하광복단에서는 총독을 암살할 계획을 세울 수 있으니 아주 좋은 정보라고 좋아할 겁니다."

"가짜 정보를 건네자는 건가?"

"정보가 가짜라면 믿음을 얻을 수 없습니다. 총독이 나타나는 것 자체는 진실이어야 합니다. 대신 지하광복단이 암살자를 보내면 그놈들이 일을 저지르기 전에 검거할 수 있도록 함정을 짜 놓고 기다려야 하겠죠. 총독은 철저히 방어를 하도록 하고요."

"괜찮은 생각인데."

지부장은 수첩을 뒤지며 누구에게 이 기쁜 소식을 전해야 하는지 살피는 눈치였다. 그러면서 거의 노래하는 것 같은 말투로 이렇게 말했다.

"일에 착수한 지 며칠 되지도 않아 이렇게 좋은 성과를 내다니, 대단해."

"더 좋은 성과를 내기 위해서는 좀 더 필요한 것이 있습니다. 놈들에게 환심을 얻기 위해 사용할 활동비가 좀 더 필요합니다. 기왕이면 포도주도 한 병 더 있다면 좋겠고요."

그날 저녁, 정영재는 지하광복단을 다시 찾아갔다. 지하광복단은 덴마크어 교습소로 사무실을 옮긴 지 얼마 되지 않은 상태였다. 정영재는 그들에게 자신이 알아낸 정보를 전했다.

"굉장한 정보를 가져 왔소. 총독이 언제 어디에 나타날지 알아냈소."

"그렇다면, 당장 그곳에 우리 암살자를 보내서 놈의 머리통을 총알로 날려 보내자!"

"그렇지만 이번 총독의 행차는 굉장히 경비가 삼엄할 것 같소. 함부로 암살자를 보냈다가는 잡힐 수 있소. 위험할 거란 말이오. 그보다는 평범한 사람으로 위장한 단원을 보내서 놈들의 정보가 확실한지, 한번 검증해 보는 기회 정도로 삼는 것이 좋겠소."

"좋아. 그렇게 신중한 것도 나쁘지 않겠지. 다음 번에도 기회는 있을 테니까."

"그렇소. 그리고, 그 다음 번 기회 말인데."

"말인데?"

"총독부 놈들과 잘 지내려면 아무래도 돈이나 선물이 필요하단 말이오. 인삼주 같은 것을 더 얻을 수는 없겠소?"

그렇게 해서 정영재는 매우 정직한 방식으로 자신의 삶에 주어진 일을 수행하게 되었다. 그는 지하광복단에게는 자신이 총독부 소속이라고 대놓고 말했고, 총독부에는 자신이 지하광복단 사람들과 교류하고 있는 사이라고 대놓고 말했다. 지하광복단에 가서는 독립운동에 대한 정보 중에 총독부에 미끼로 넘길 만한 정보가 없겠냐고 물어보았고, 그렇게 정보를 얻으면 그것을 그대로 총독부에 넘겼다. 총독부에 가서는 지하광복단에 미끼로 넘길 만한 정보가 없겠냐고 물어보았고 얻은 정보는 그대로 지하광복단에 전했다.

정영재는 몰래 서랍을 열어 보거나 금고를 열어 보며 서류를 빼돌리지 않았다. 들키지 않고 접선하기 위해 깊은 밤 숲속에서 누군가를 만나는 일을 하지도 않았다. 대신 사무실 자리에서 깨끗하게 펜 글씨로 써서 건네 주는 정보를 양복 안주머니에 가볍게 챙겨서는 자동차를 운전해 대낮에 정문으로 들어가 그 정보를 전해 주는 방식으로 일을 했다. 상대방을 속이고 정보를 빼내 오는 것이 주임무인 간첩, 스파이치고는 아주 독특한 방식의 일처리 방법이었다.

그러면서도 양쪽에서는 귀한 정보를 얻고 있고, 상대방을 철저히 속이고 있다고 생각하며 모두 정영재를 좋아했다. 특히 그의 입장에서 보람 있었던 일은 월급을 양쪽에서 동시에 받을 수 있다는 점이었다. 총독부는 정영재가 일본을 위해서 일하고 있고 지하광복단에 가서 그쪽 편인 척하느라 고생하고 있다고 생각했고, 지하광복단은 정영재가 대한독립을 위해서 일하고 있고 총독부에 가서 그쪽 편인 척하느라 고생하고 있다고 생각했다. 그렇기에 총독부 사람들은 열심히 고민해서 지하광복단에서 솔깃하게 생각할 만한 그럴듯한 정보 같아 보이지만 사실은 별 쓸모없는 소식이거나 가짜 정보인 내용을 끊임없이 만들어서 정영재에게 전해 주었고, 지하광복단 사람들은 정확하게 그 반대로 행동했다.

이런 식의 가짜 첩보원이 과연 얼마나 좋은 평가를 받을 수 있었을까? 정영재의 경우로 한정해서 말해 보자면, 그는 대단히 좋은 평가를 받았다.

그럴 수밖에 없었다. 총독부 입장에서 보면 정영재는 끈질기게 지하광복단을 추적하면서 그럴듯해 보이는 정보를 끝없이 빼내 오면서도 결코 붙잡히지 않는 최고의 요원 같아 보였다. 꾸준함, 안전한 일 처리, 정보의 가치, 세 가지 면에서 정영재는 다른 요원들을 압도했다. 당연하지. 지하광복단에서 가지고 갈 만한 가장 그럴듯해 보이는 정보를 아예 직접 만들어 주니까. 용궁에서 온 자라가 토끼를 찾아갔더니, 토끼가 간을 판매하는 자동판매기를 보여 준다는 격이었다.

정영재의 활동은 가끔은 좀 잠잠했고, 가끔은 격렬해질 때도 있었다. 그러한 약간의 기복이 그의 활동을 좀 더 진짜 같아 보이게 만들었다. 한번 바람을 잘 타서 그의 정보 활동이 아주 활발해지기도 했다. 그러면 양쪽에서는 서로 그 기회에 상대방의 굉장히 중요한 곳을 공격하기 위해 애를 썼다.

그럴 때에는 아무래도 엄청난 문제로 보일 만한 굵직한 이야기들을 지어내서 상대방의 관심을 끌고자 하기 마련이다.

"이번에는 쩨쩨한 잡정보 말고, 혹할 만한 정말 굵직한 건더기 같은 정보가 필요하오."

정영재는 그런 엄청난 사건과 연결된 듯한 중대해 보이는 정보를 "굵직한 건더기"라고 불렀다. 굵직한 건더기가 이쪽저쪽을 오가는 일이 몇 번 반복되면, 사실은 아무 가치도 없는 지어낸 소설일 뿐인 이야기가 굵디굵은 거대한 건더기로 위장되어 양쪽을 흥분시켰다.

이를테면, 지하광복단은 일본이 도모나가 신이치로 박사의 이론을 활용하여 핵폭탄은 물론 핵폭탄을 가볍게 초월하는 위력을 가진 무기인 반물질 폭탄을 개발하는 계획을 추진하고 있다고 생각했다. 총독부는 일본 육군 고위층에 사실은 여러 나라의 공산당으로부터 뇌물을 받고 있는 부패 인사가 108명이 있다는 사실이 밝혀질 '108 수뢰 사건'이 터질 거라고 생각했다.

정영재가 이쪽저쪽으로 배달하는 정보 속에서 총독부는 실체가 없는 환상의 싸움을 벌였다. 정영재가 거짓 정보를 가져오고, "그 문제를 해결하기 위해서는 돈이 얼마가 필요하오."라고 이야기하여 돈을 주면, 정영재는 얼마 후 문제가 80퍼센트 정도 해결되었다는 새로운 거짓 정보를 가져온다. 그리고 다시 얼마간 시간이 지나면 정영재는 나머지 20퍼센트의 문제를 해결하기 위해서는 돈이 더 필요하다는 이야기를 하고, 총독부에서 그 돈을 주면 더욱 보기 좋은 가짜 정보를 만들어 전해 주었다.

환상의 싸움을 치르는 동안 정영재는 세계의 어느 첩보원보다 활발히 활동하는 듯 보였다. 그가 전해 주는 정보의 눈으로 그의 삶을 살펴본다면 그는 정말 위험한 일을 끝도 없이 해결하는 대단히 피로한 삶을 보냈다. 태평양의 뜨거운 바다에서 폭풍을 뚫고 헤엄치다가 잠수함 속으로 들어가는가 하면, 눈으로 뒤덮인 혹독한 북유럽의 산속에서 늑대 떼와 싸우며 온몸이 얼어붙는 고통을 겪기도 했다. 그러나 사실 그 모든 장면들은 한쪽에서 다른 쪽으로 전해 주는 가짜 정보 속의 이야기일 뿐이었다. 실제로 정영재는 하와이의 해변에서 칵테일을 마시며 시원한 물보라를 즐겼고, 노르웨이의 스키 리조트에서 어떤 꼬냑이 가장 맛있는지 시험해 보며 시간을 보냈을 뿐이다.

그리고 그의 그 모든 활동을 위해 도움을 주고 있는 총독부는 내내 자신들이 엄청나게 중요한 일들을 하고 있다고 믿었다. 정영재를 통해 주고받는 정보 속에서 총독부와 지하광복단은 전 세계를 무대로 갖가지 첨단 기술이 모두 한데 어울린 대모험을 펼치고 있었다. 총독부 사람들과 지하광복단은 참으로 오랜만에 자신들이 정말 대단한 일을 하고 있으며, 큰 성과를 내고 있다는 보람에 기뻐했다. 그 보람을 가져다 주기 위해 정영재는 양쪽을 잘 조율했다. 양쪽은 서로 큰 피해를 입은 척하면서도 서로 상대방이 큰 성과를 내고 있다고 믿도록 맞춰 주고 있었다.

그것은 장기를 두다가 자기가 지면 울고불고 화를 내는 어린애와 탈 없이 놀아 주기 위해서 할아버지가 마지막에 일부러 실수한 척하면서 져 주는 것과 비슷한 일이었다. 단, 정영재의 정보에 대해서는 양쪽이 모두 화를 내는 어린애면서 동시에 져 주는 할아버지였다.

어떻게 이런 일이, 이렇게 오래, 이렇게 많은 사람들을 관여시키며 계속될 수 있었을까?

정영재의 활동에는 한 가지 큰 약점이 있다. 이런 식의 가짜 정직이 계속해서 유지되려면 실체가 있는 사건이 벌어져서는 안 된다.

예를 들어 정영재가 지금 지하광복단의 비밀 기지가 어디인지를 총독부에게 정말로 알려 주면, 총독부는 지하광복단을 습격할 것이고 그러면 지하광복단이 망하게 된다. 따라서 정영재는 항상 "지하광복단의 비밀 기지가 있는 곳"을 알려 주는 것이 아니라, "어제까지만 해도 지하광복단의 비밀 기지가 있었던 곳"처럼 알려 주어도 상대방에게 별 피해가 없는 정보만을 계속해서 알려 주어야 한다. 혹은 "상대방에게 비밀 기지가 있는 곳을 알려 줄 예정이니, 습격하기 전에 도망치시오." 등의 이야기를 같이 알려 주어 피해를 입지 않도록 해 주어야만 한다.

이런 일이 반복되면, 정영재의 정보를 활용할 경우 결정적인 실제 공격이 이루어지기 직전에 일이 자꾸 틀어지는 일을 여러 차례 겪을 것이다. 아슬아슬한 정보전은 날마다 계속되지만, 진짜 전투는 몇 년 동안이나 좀체로 벌어지지 않게 된다.

이렇다 보니 분명 한둘, 양쪽에서 정영재의 실체에 대해 의심하는 사람이 나올 것이다. 그리고 의심을 갖고 정영재를 추적하다 보면 결국 그가 쌓아 가고 있는 사상 최고의 첩보 활동 실적이 어떻게 가능한 것인지, 그 비법에 대해서도 알아낼 수 있을 것이다. 그렇다면 정영재에게 배신당하고 이용당했다고 생각한 쪽에서는 그를 제거할 것이다. 일이 그런 방향으로 흘러갈 가능성은 처음부터 있었다. 그리고 시일이 지날 수록 그 가능성은 커졌다.

실제로 정영재는 양쪽에서 각각 한 번 정도 의심을 받은 적이 있었다. 양쪽 조직에서 가장 세밀하게 정보를 분석하는 똑똑한 조직원 한 사람이 자신들이 받는 정보가 조작된 가짜 정보일 가능성이 높다는 점을 의심하며 정영재를 추궁했다. 아마 그 추궁에 제대로 대응하지 못했다면 정영재는 그때 들통나 목숨을 잃었을 것이다.

정영재는 어떤 방법으로 그 위기를 넘겼을까?

이번에도 역시 대답은 정직이었다.

"저는 지하광복단에서 정보를 대놓고 물어보고 받아오고 있습니다. 그쪽에서 내가 지하광복단의 충직한 첩자라고 믿고 있기 때문입니다. 그러므로 지하광복단은 총독부를 혼란시키기 위해 일부러 가짜 정보를 흘려 보낼 수도 있습니다. 이번에 내가 지하광복단 사람들을 만나서 정말 그런 적이 있는 지 살펴보도록 하겠습니다."

정영재는 총독부 사람들에게 그렇게 말했다. 그리고 지하광복단에 가서도 역시 정직하게 말했다.

"총독부에서 우리가 가짜 정보를 흘리는 것 같다고 의심하기 시작했소. 그러니 이제 다시 돌아가서 내가 가짜 정보와 진짜 정보를 구분하는 방법을 알아냈다고 하면 그놈들은 좋아할 거요. 총독부에서 의심을 처음 시작한 녀석은 자기가 똑똑하다는 사실이 증명되었다면서 기뻐

할 거란 말이오. 그러니 그놈들에게 가짜 정보와 진짜 정보를 구분하는 방법을 적당히 만들어서 알려 줍시다."

"가짜 정보와 진짜 정보를 구분하는 방법, 그 자체를 가짜 정보로 만들어서 진짜 정보인 것처럼 알려 주자는 이야기지?"

"그리고 그 정보를 가짜 정보와 진짜 정보를 구분하는 방법에 따라 구분해 보면 진짜 정보가 틀림없다는 가짜 정보가 결과로 나오도록 짜맞춰야 하오."

"잠깐만, 뭐가 뭔지 모르겠는데."

뭐가 뭔지 알아내는데 약간 시간이 걸리기는 했지만 결국 그의 방법은 통했고 양쪽 사람들은 계속해서 정영재를 최고의 첩보원이라고 믿기로 했다.

최근에는 정영재의 성공에 대해 좀 더 냉정한 다른 이유가 있다고 주장하는 연구자들이 나오기도 했다. 아직 많은 지지를 받고 있는 학설은 아니지만, 그들의 주장에 따르면 정영재가 가짜 정보와 가짜 싸움으로 성공한 것은 양쪽 사람들, 특히 총독부 쪽 사람들 중 몇몇이 사실은 은근히 가짜 싸움을 바랐기 때문이라고 한다.

총독부 정보실 사람들은 점차 쇠퇴해 가고 있는 일본의 상황을 뻔히 알고 있었다. 특히 태평양 전쟁이 벌어지면서 그들의 걱정은 점점 더 심해졌다. 그런 중에 과연

군이 더 혹독한 방법으로 조선의 독립운동을 탄압하는 것이 얼마나 보람 있는 일인지, 의심을 품는 사람들이 생겨 났다.

과연 목숨을 걸고 폭탄을 던지고 권총을 쏘는 독립운동가들 사이로 뛰어 들어가는 위험을 감수할 까닭이 무엇일까? 그렇게 해서 독립운동가 몇 사람을 붙잡아 와서 고문을 한다고 한들, 과연 세상에 무슨 큰 도움이 될까? 월급이 늘어나기를 하나, 휴가가 늘어나기를 하나? 망해가는 일본에서 높은 자리로 한 계단 승진해 봐야 전쟁에서 지고 나면 나쁜놈들 조직의 윗대가리였다고 자칫 책임질 일만 생길 텐데?

그런데 정영재의 정보를 믿고 그가 제시하는 길을 따르면 열심히 일을 하는 척하면서 사실 위험하고 부담스러운 활동은 하지 않을 수 있었다. 목숨 걸고 총질하며 다닐 필요 없이 중요한 작전을 펼치고 있다고 이야기할 수 있다는 뜻이다. 그렇다면 아무래도 그쪽에 좀 더 이끌리지 않을까? 정신 나간 바보 조직에 붙잡혀 아무 보람이 없는 일을 하며 그것이 사실은 동아시아가 같이 잘사는 길이라는 말도 안 되는 논리를 따라야 하는 몇몇 총독부 직장인들의 답답함을 정영재가 파고 들었다는 해석이다.

정영재의 실체는 광복 전에 딱 한 번이지만, 한 사람에게 완전히 들통났던 적이 있었다.

조선의 몇몇 독립운동 단체들 사이에는 그 무렵 알게 모르게 주도권 다툼을 겪는 곳들이 있었다. 몇몇 단체들은 그런 문제를 좀 더 크게 겪기도 했다. 일본을 무너뜨리기 위해 싸우는 일도 너무나 어려운데, 독립운동 단체에서 누가 대장이 되는지, 누가 누구 지시를 따르는지, 혹시라도 나중에 조직이 커지고 돈과 물자를 많이 쓸 수 있게 되면 누구에게 권한이 있다고 할지 등등을 두고 내부에서 자기들끼리 은근히 다툰 단체들이 없다고는 할 수 없었다.

지하광복단도 사실 그런 문제를 적잖이 겪고 있었다. 특히 홍춘화는 그 문제를 굉장히 크게 생각하고 있었다. 홍춘화는 본래 소련에서 공산주의 활동을 하다가 다시 서울로 돌아와 지하광복단에 가입한 인물로, 지하광복단 세력을 공산주의 단체로 만드는 것을 중요한 목표로 생각하고 있던 사람이었다.

홍춘화에게는 나름대로 그러한 목표를 중요하다고 믿고 있는 이유가 있었다. "가진 놈이, 없는 사람 것을 빼앗는 게 당연하다는 생각 때문에 일본은 조선을 빼앗았다. 일본이 무너진다고 해도 어차피 가진 놈, 있는 놈, 부자가 세상을 다스린다면 크게 달라지는 것은 없다. 가진 사람과 없는 사람의 차별이 없는 공산주의 세상이 되어야 정말로 근본 문제가 풀리는 것이다." 그게 홍춘화가 주위 사람들에게 자주 웅변하는 이야기였다.

그런데 홍춘화는 지하광복단에서 가장 멋진 실적을 올리고 있는 단원인 정영재가 수상하다고 생각했다. 그리고 치밀한 관찰력과 냉정한 판단력으로 그를 의심하고, 그 의심을 밝힐 증거를 찾아냈다.

궁지에 몰린 정영재는 홍춘화에게 이렇게 말했다.

"오직 홍 동지만이 진실을 알아냈소. 홍 동지가 진실을 알아낼 수 있었던 이유가 무엇인지 아시오? 그것은 홍 동지와 내가 사실은 비슷한 관점으로 세상을 보기 때문이오. 홍 동지 또한 우리가 총독부와 싸우는 일보다 사실 우리 단체를 공산주의 단체로 만드는 일이 더 중요하다고 보고 있지 않소? 그게 바로 내가 일을 하는 관점이오."

홍춘화가 정영재에게 물었다.

"그게 대체 어떤 관점인데?"

정영재는 홍춘화의 물음에 대답하기 전에 자신의 호텔 방 한켠에 있는 수납장을 열었다. 그곳에는 그동안 받아둔 다양한 여러 가지 술병들이 가득 진열되어 있었다.

"정직하게 사는 관점."

처음 홍춘화의 계획은 정영재로부터 몇 마디 변명을

들어 보고 그의 말을 비웃은 뒤에 세 발 정도 총을 쏘아 준다는 것이었다. 그러나 홍춘화와 정영재의 대화는 계획보다 훨씬 더 길게 이어졌다. 정영재는 자신의 수법에 대해서 홍춘화에게 아주 세세히 알려 주었다. 정영재의 태도는 그 어느 때보다도 대단히 정직했다. 대화가 끝날 무렵, 홍춘화는 정영재에게 총을 쏘는 일은 옳지 않다고 생각하게 되었다. 대신 그와 결혼하는 것을 고려하기 시작했다.

이후 홍춘화는 정영재와 같은 편이 되어 같은 행동을 하며 살기로 했다.

그리고 그 방법으로 정영재의 수법은 훨씬 더 탄탄해졌다. 홍춘화는 정영재가 혹시 속임수를 쓰고 있는지 쓰고 있지 않는지, 그 곁에서 몰래 감시하는 역할을 맡겠다고 양쪽에 이야기했기 때문이다. 즉, 정영재는 지하광복단과 총독부를 동시에 속이고 있었고, 홍춘화는 정영재가 속임수를 쓰고 있는 것은 아닌지 감시하겠다고 지하광복단과 총독부에 말했는데 사실 그러한 홍춘화의 태도 또한 홍춘화가 정영재가 짜고 쓰고 있는 속임수였다.

정영재의 행각은 광복 직전까지 이어졌다고 보는 것이 보통이다. 그런데 보기에 따라서 그의 행동은 그보다 조금 앞서서 결말을 맺었다고 볼 수도 있다. 그의 신변에 중요한 변화가 닥쳐 오면서 그가 과거와 같은 방식으로 살아가기가 어려운 시점이 왔기 때문이다.

1945년 일본이 전쟁에서 패배할 기색이 짙어지자, 일본군 사령관들은 일본군 전투기나 공격용 항공기로 적의 전함을 들이받는 작전이 요긴한 전투 방법이라는 엉뚱한 믿음에 빠져들었다. 그 때문에 일본의 각급 조직에서는 항공기 조종에 대한 기초적인 지식이 있거나, 항공기 조종에 대한 기초적인 지식을 갖출 수 있을 만한 사람들을 몰아다가 이와 같이 목숨을 버리는 공격 작전에 투입하자는 바람이 불었다. 소위 말하는 카미카제가 유행처럼 퍼지기 시작했다는 이야기다.

정영재가 소속되어 있던, 혹은 소속되어 있는 척했던 총독부 정보실 산하 부서에도 그런 바람이 불었다. 정보실 직원과 요원들 정도면 상당히 훈련된 사람들이라고 볼 수 있었다. 그러니 어차피 일본이 망해 가는 상황에서 정보실 사람들도 모두 비행기를 몰고 당장 미군 군함을 들이받으며 목숨을 버리도록 하는 것이 현재로서 가장 좋은 일이라는 계획이 내려온 것이다.

그 계획은 곧 현실로 이어질 것 같았다. 머지않아 일본 해군에서 무슨 작전 장교인지 보급 장교인지 하는 인물이 나타나서, 총독부 정보실 사람들을 모아 놓고 다음과 같이 말했다.

"인생 50년, 어차피 다 무슨 소용인가? 태어나서 잘 살아 보려고 울며불며 발버둥치다가 잠깐 사이에 늙어지면 다 사라져 흙으로 돌아가는 허무한 짓일 뿐이다. 이런 삶을 살겠다고 인간이 기술과 문명으로 자연을 파괴하고 지구의 균형을 무너뜨리는 것은 얼마나 사악하며 또한 무의미한가? 인간은 어차피 세상에 있어서는 안 되는 필요악이다. 인간 덕분에 우리의 지구와 모든 생명들이 고통받고 있다는 것은 너무나도 명약관화한 진리다. 특히나 인간 개개인의 관점에서 보아도, 인생을 살다 보면 먹지 못해 배고픔을 겪거나 병들어 아파하는 고통을 받는 일은 얼마나 많은가? 더군다나 바라던 일을 해내지 못해 좌절하고 다른 사람에게 괴롭힘당하고 배신당할 때의 정신적인 고통은 얼마나 크단 말인가? 이 모든 고통은 애초에 인간이라는 생물로 태어나지 않았다면 있지도 않았을 고통이다. 심지어 인간이 갈구하는 수많은 쾌락조차도 결국 잠깐 술에 취한 것 같은 느낌으로 웃고 지나가는 신경을 자극하는 신호일 뿐이라서 그 쾌락의 끝없는 달성 또한 결국 허무라는 더 큰 패배감으로 이어지는 것이다. 여기에 더해, 외로워하고, 인생의 허무함에 혼란을 겪고, 죽음에 공포를 느끼는 그 인간 특유의 사유 또한 인간으로 태어난 이상 겪게 되는 너무도 심각한 나쁜 일이 라고 할 수 있다. 이 모든 것은 결국 세상에 좋은 일이라 기보다는 악한 일이다. 그러므로 그 모든 악의 총합을 줄 이기 위해 인간은 세상에서 사라져야 하며, 사라지기 전 까지 최대한 빠르게 줄어드는 것이 좋다. 즉, 지금 세상을 살아가면서 물리적으로 자연을 파괴하고 정신적으로 어두운 마음을 끝없이 풀어 놓는 인간은 오히려 태어나지 않는 것이 그만큼 악을 줄이는 길이며, 그러한 상태에 도달하기 위해 우리는 더 이상의 인간을 남기지 않고 사라 지도록 해야 한다. 이것은 모든 철학과 종교가 결국 대놓고 주장하지 못해서 그렇지 냉정하게 모든 일을 따져 보면 항상 도달하게 되는 자연스러운 귀결이다. 그렇다면 우리는 어떻게 해서 그와 같은 상태에 도달할 수 있겠는가? 이미 태어나 수십 년의 세월을 인간으로서 살아가면서 자연을 더럽히고 인간들 사이의 정신을 악하게 만든 우리로서는 사회와의 관계와 무관하게 사라지는 것 또한 매우 무책임하고 사악한 일이다. 그렇다면 이미 세상에 태어나 지금까지 살면서 세상의 악이 늘어나는데 참여한 우리는 어쩔 수 없이 세상의 인간이라는 틀 속에서 삶을 끝내는 것이 가장 바람직한 방법일 수밖에 없지 않겠는가? 그렇다면 우리는 큰 행운을 만나 우리에게 주어진 가장 큰 행복을 향해 다가갈 길을 만났다. 우리에게는 폭탄을 실은 비행기를 타고 날아 올라 적의 군함을 향해 돌진하는 최고의 방법이 주어져 있기 때문이다. 천상의 세계를 향해 자유롭게 날아올라, 인간의 한계를 완전히 초월하여 생사의 틀마저 무시하는 그 높디 높은 한 차원 다른 정신을 갖고, 자신이 직접 결정하는 세상의 절망을 두 눈으로 마지막까지 똑똑히 마주하면서, 우리에게 주어진 가장 숭고한 뜻을 희생을 통해 수행하는 인물이 되어, 우리 사회에서 열렬히 우리에게 바치는 찬사를 받으면서 가장 뜻 깊고 가장 선한 일을 하며 삶을 끝내는 것이 가장 좋지 않겠는가? 제군들, 제군들은 부디 이러한 자연적이고도 윤리적인 귀결로 나아가는 카미카제의 대오에 다 같이 함께 하지 않겠는가?"

군 장교의 연설이 끝나자 정보실의 모든 직원들은 아무 말도 없이 잠시 서로의 얼굴을 쳐다보았다. "무슨 개소리를 하는 거야?" 아무도 말소리를 내는 사람들은 없었지만 다들 그렇게 말하고 싶다는 것을 동시에 느끼고 있었다. 사람들에게 카미카제 공격을 해야 한다고 지시하는 담당자가 제대로 된 설명조차 하지 못해서 아무렇게나 멋있다고 생각하는 단어들을 횡설수설 지껄이고 있었다. 직원들은 일본의 수준이 거기까지 내려온 상황이라는 것을 절감했다.

이 계획에 따르면 정영재와 그의 지부장, 그리고 그 지부장을 포함한 소속 조직 전체는 이제 곧 부산으로 가서는 배를 타고 일본 남부의 군 비행장으로 이동할 예정이었다. 그곳에서 간단한 조종법을 배운 뒤, 이제 곧 다 같이 목숨을 날려 버리는 것이 그들이 수행할 마지막 임무였고, 최우선 수행 과제였다.

"이런 아무 쓸데 없는 짓에 도대체 내가 왜 참여해야 하지?"

지부장은 몇 번이고 자기 자신에게 그렇게 물어보았다. 지부장은 그 의문을 해결하지 못해 심지어 일본 당국에서 발표하는 황당한 자폭 논리에 대한 여러 글들을 수차례 읽으며 그 무의미함에 동조해 보려고 시도해 보기도 했다. 그렇지만 그런 노력은 쉽지 않았다. 그저 점점 정신이 이상해지고 있다는 느낌만 받게 되는 정도였다. 그리고 지부장과 그 부하들은 차라리 그런 식으로 정신이 다 같이 좀 이상해져 버리는 것이 오히려 낫지 않겠냐는 생각까지 하게 되었다.

그런데, 그때 전혀 다른 관점에서 새로운 제안을 하는 사람이 있었다.

바로 정영재였다.

"정직하게 그냥 다 이야기해 보면 어떻겠습니까?"

"정직하게? 누구에게?"

정영재가 제안한 상대는 바로 그가 소속되어 있던, 혹은 소속되어 있는 척했던 지하광복단이었다.

그렇게 해서 정영재의 주재로 두 조직의 요원들이 처음으로 서로 만나 같이 일하게 되었다. 두 사람들이 만난 곳은 핀란드어 교습소 간판을 달고 있는 건물이었다.

총독부 사람들은 총독부에서 기밀히 관리하고 있던 정보를 제공하고, 지하광복단 사람들은 지하광복단에서 가짜로 만들어 내 줄 정보를 제공했다. 총독부는 지하광복단과 짜고 총독부 정보실 사람들이 카미카제 임무보다 더 중요하고 급한 임무를 해야 하므로 카미카제로 나가서는 안 된다고 이야기 해 주는 정보를 만들어 내기 시작했다.

"정 동지의 활약으로 우리가 지금까지 굉장한 성과를 거두었다는 것은 잘 알고 있소. 그렇지만 정 동지가 카미카제로 목숨을 잃는 것을 막기 위해서 우리가 우리의 원수인 총독부 놈들과 손을 잡아야 한다는 것은 아무래도 꺼림칙하오."

양쪽의 합동 작전을 탐탁지 않게 여기는 단원들도 없지는 않았다. 그러나 그에 대해서는 홍춘화가 다음과 같이 설명해 모두를 설득시켰다.

“저들이 카미카제에 나서면, 분명 약간이라도 연합군에게 피해를 입히게 될 것이오. 그렇지만 거짓 정보를 흘려 그런 일을 하지 못하고 헛소동에 휘말려 일본의 많은 인력들이 시간만 낭비하게 한다면 그것은 그만큼 연합군을 지키고, 일본을 막는 일이 아니겠소? 더군다나 이 기회에 총독부로부터 기밀 정보를 입수하게 되면, 우리는 그 정보를 조작할 기회도 얻게 되는 거요. 예를 들어 지금 서대문 형무소에 갇혀 있는 다른 독립운동가들의 정보를 조작해서 곧 사형 집행을 당할 독립운동가들의 집행 날짜를 내년으로 미루어 놓을 수도 있을 거요. 그런 식으로 우리는 위기에 처한 많은 독립운동가들의 목숨을 구할 수 있소.”

정영재의 그 마지막 활약은 지금까지 그가 수행했던 어떤 첩보 작전보다 규모가 컸고 또 상대에게 미친 영향도 컸다. 양쪽이 제공하는 정보를 정직하게 양쪽에게 이리저리 전달하는 방식이 아니라, 양쪽이 손을 잡고 만든 가짜 정보를 전달하는 방식이었기 때문이다. 그러므로 그 마지막 활약은 그가 그때까지 해 온 첩보 활동의 원칙을 깨뜨리는 형태였다.

정영재와 지하광복단과 총독부 정보실 사람들은 고민

끝에 조선인들의 비밀 조직에 지원을 받은 배신자들이 일본군 수뇌부에 있다는 가짜 정보를 조작하기로 했다. 엉뚱한 짓을 잘 저지르는 독재자들일수록 자신과 주변의 삶은 알뜰히 챙긴다는 상식에 근거한 방법이었다.

전쟁 막바지에 일본군을 배신하고 무너뜨리는 데 큰 공을 세우고는 일본군이 연합군에게 망하고 나면 "내 덕택에 일본군이 항복한 거다. 그러니 나를 살려 주고 우대해 달라."는 배신자들이 분명 하나둘 나오지 않을까? 그런 의심이 당시 일본군 몇몇 조직에 빠르게 퍼져 나가고 있었다. 그 사실을 포착한 정영재와 동료들은 그런 배신자들이 도조 히데키 또는 심지어 일본의 왕을 암살할 계획을 만들어 구체적으로 진행하고 있다는 정보를 만들어 냈다.

서로가 서로를 속이는 일들만을 직업으로 하고 있던 그들이 같이 힘을 합쳐 만든 정보는 기가 막힌 속임수였다. 일본군 최상층에서 지부장에게 직접 지시를 내려 카미카제보다는 배신자를 잡아 내는 일에 집중하라고 명령했다. 총독부의 그 직원들은 그렇게 해서 목숨을 구했다. 그리고 그동안 홍춘화와 지하광복단 사람들은 내부에서 파고 들어간 정보 조작으로 서대문 형무소에 갇힌 많은 사람들의 목숨을 구해 냈다.

일본군 수뇌부에서 보고받은 정영재의 정보는 너무나 중요하고도 탁월했다. 그래서 정영재는 광복 직전에 도쿄의 일본군 수뇌부와 외교 조직 최고 부서로 급히 자리를 옮기게 되었다.

그것은 위험한 상황이었다. 지하광복단의 도움을 얻을 수 없는 도쿄에서라면 정영재가 잘할 수 있는 일이 많지 않았다. 어쩌면 그 상태로 며칠만 더 일을 했다면 정영재가 생각했던 것과는 다른 인물이라는 점이 모두 밝혀졌을지도 모른다. 그러나 정영재가 도쿄에 도착한 후 실제로 업무를 시작하기 전에 일본은 연합군에게 무조건 항복했다.

서류상으로 정영재는 일본군에서 보유한 최고의 우수 첩보원 중 한 명이었고, 세계를 돌아다니며 역사를 바꾼 수많은 대형 작전을 성공시킨 엄청난 인물이었다. 따라서 정영재는 전범으로 미군에 검거되었다. 미군 측 담당자들이 보기에 정영재 정도의 경력이라면 별 깊은 검토 없이도 바로 처단해야 하는 가장 악질적인 적인 듯 보였다. 때문에 정영재는 거의 즉시 사형 처분이 유력한 전쟁 범죄자라는 판단을 받게 되었다.

홍춘화는 이후 한동안 정영재로부터 아무 소식도 듣지 못했다. 그러는 사이에 남북이 분단되고 홍춘화는 남

한과 북한 중에 어느 쪽에 가야 할지 몇 번씩이나 38선을 드나들며 고민하는 처지에 놓였다.

그러던 중 어느 날 홍춘화에게 뜬금없이 미국 할리우드로 와서 영화배우 오디션을 보라는 국제 우편 초대장이 하나 날아왔다.

"노르웨이어, 덴마크어, 핀란드어 능통자 우대. 연기라고 해서 너무 고민하실 것은 없고, 정직하게 자신을 보여 주면 되는 겁니다."

초대장의 마지막은 그런 말로 끝나고 있었다. 홍춘화는 당장 미국 할리우드로 갔다. 그리고 주소에 있는 곳을 찾아가니, 그곳은 할리우드에 와 있는 외국 출신 배우 지망생들에게 영어를 가르치는 학원이었다. 이번에는 정말로 영어를 가르치는 학원이 맞았다.

그리고 그곳 원장 사무실에는 정영재가 앉아 있었다.

나중에 홍춘화는 정영재에게 어떻게 감옥을 빠져 나와 할리우드에 가게 되었는지 물어보았다. 그러자 정영재는 그냥 솔직하게 말했다고 이야기했다. 자신이 어떻게 양쪽을 속이며 한동안 가장 화려한 첩보원이라는 전적을 쌓을 수 있었는지, 그 모든 일들을 미국의 정보 기관 OSS 담당자에게 다 설명했다는 것이다.

그러자 OSS는 정영재에게 미국으로 건너와 미군 첩보

작전에 조언을 해 주는 일을 하지 않겠냐는 제안을 했다. 정영재는 제안을 수락했다고 한다. 그리하여 그는 미국 첩보부 소속이 되었고 영어 학원 원장으로 앉아 있으면서 틈틈이 미국 정보 기관에 출근하는 삶을 살게 되었다.

한참 세월이 흐른 후에, 대한민국 정부는 정영재와 홍춘화의 후손에게 정영재를 독립 유공자로 대접하기로 했다면서 훈장을 보낸 적이 있다. 그런데 그 후손들은 훈장을 받지 않고 대한민국 정부에 되돌려 보냈다. 그러면서 정영재가 생전에 만약 이런 일이 생기면 보내라고 한 편지를 같이 보냈다.

대한민국 보훈처 담당자가 그 편지를 열어 보니, 다른 말은 없고 다음과 같은 한 문장만 적혀 있었다.

"좀 더 알아보시기 바랍니다."

-2023년, 파주에서

작가의 한마디

이상한 이야기 같지만 이 소설은 실제로 비슷한 시기에 있었던 실화를 조사한 내용을 활용하여 쓴 이야기다. 실화의 내용이 어디까지가 사실이고, 어디까지가 소문이나 추측인지 구분하기가 애매한 까닭에 읽기 좋게 구성한 논픽션으로 쓰는 것이 매우 어려웠다. 그러므로 소설의 내용은 어디까지나 소설이며, 소설 속의 내용이 실제로 벌어진 사건 그대로라고 할 수는 없다.

최희라

푸른 달빛은
혈관을 휘돌아
나가고

『미선 연대기』 중에서

쇼와 15년. 이선이 미야모토 요시코로 불리기 얼마 전의 일이다.

벌써 늦은 오후가 다 되었다. 이선은 제 존재를 숨기려 발걸음 소리를 죽이고 실수로라도 여자를 앞지르지도, 시야에서 놓치지도 않으려고 안간힘을 썼다.

오늘 여자는 왠지 수더분한 아낙네로 변장했다. 아무렇게나 휘감아 올린 머릿수건에, 옆구리에는 빈 광주리까지 끼고 있었지만 이제껏 이선이 여자를 관찰한 바로는 생활의 목적은 없었다.

며칠 전 여자를 만난 건 우연이었다. 그날따라 유독 헛헛한 마음에 담배 가게 문도 닫아 두고서 북촌 일대를 하릴없이 쏘다녔다. 그러다 가회정 길가에 서 있던 여자를 본 것이다. 그때 여자는 양장 숙녀였다. 조금 길다 싶은 단발에 은은하니 분도 바르고 입술은 다홍빛으로 칠했는데, 자태며 표정이 야무져서 이제 막 여학교를 졸업한 양가의 처자 같았다.

근 열다섯 해 만이었다. 그런데도 여자는 변한 것이 하나도 없어 보였다. 많아 봐야 스물너덧. 어쩌면 갓 스물. 여전히 여린 살결에 몸매도 하늘하늘했다. 어떻게 그럴 수 있는지. 하지만 이내 이선은 흰머리 하나 없고 잔주름도 거의 안 보이는 자신의 얼굴을 생각하지 않을 수 없었다. 올해 마흔일곱. 내년 설이면 마흔여덟. 처녀 시절 동무 중에는 손주를 둔 이도 드물잖았다. 살림이 넉넉한 동무도 아기를 해 걸러 낳고 그 아이들 다 거둬 먹이고 시부모 봉양하느라 손발이 다 해지고 얼굴엔 주름이 자글자글했다. 하지만 이선을 처음 보는 사람은 아무도 제 나이를 알아맞히지 못했다.

그저 가던 길을 멈추고 생각에 깊게 잠긴 줄로만 알았던 여자는 맞은편 서양식 가옥에서 사람이 나오자마자 재빨리 몸을 숨겼다. 이선은 무턱대고 여자를 좇아갔지만 어디로 사라졌는지 가늠할 수 없었다. 여자를 놓친 걸 통탄한 것도 잠시, 굳은 마음을 먹고서 돈도 넉넉히 챙겨 다음 날도 가회정으로 갔다. 북촌 일대를, 아니 경성 시내를 다 뒤져서라도 여자를 찾겠다는 마음이었다. 이선의 마음이 하늘에라도 닿았던지 여자는 그날도 거기에 있었다. 전날처럼 맞은편 집에서 사람이 나올 때까지 제자리에 서 있다가 어디론가 재빨리 사라졌다. 그다음 날도 마찬가지였다.

그런데 사흘째는 달랐다. 그 집에서 키 큰 모던보이 한 명이 나오자, 여자는 그 뒤를 쫓았다. 그 청년이 걸으면 걸었고 전차를 타면 전차를 탔다. 이선도 똑같이 했다.

청년이 본정 어느 다방에 들어가고 나서도 여자는 곧 뒤따랐다. 이선이 선뜻 따라 들어가지 못하고 머뭇거리다 큰맘 먹고 가게 안으로 들어섰을 때는 어느 틈에 여자가 자취를 감춘 뒤였다. 치마저고리 차림에 배운 것 없는 여인이더라도 가배집 하나 못 들어갈 일이 무엇이냐. 경성 시내에 신여성이 판을 친 지가 언젠데. 이선은 자신의 어수룩함을 새삼 한탄했다.

그리고 오늘이었다.

선불리 덤벼들었다가는 망신살이 뻗칠지도 모른다. 지난 을축년 홍수 난리 때 저 여자와 닮은 얼굴이 어찌할 바를 모르던 이선을 높은 지대로 이끌었다. 그리고 물이 빠지기를 같이 기다리면서 자신도 어릴 적 들은 얘기라며 영원히 스무 살인 여자의 이야기를 해 주었다. 당시에는 여자가 무자식이라고 했으나 그게 혹시 거짓말이라면 그 딸일 가능성도 있었다. 어설프게 굴었다가는 여자를 영영 놓칠지 모른다는 것도 걱정이었다. 여자가 진정 저와 비슷한 이가 맞는다면 사람을 극도로 경계할 것이 자명했다. 그래서 이선은 그날부터 지금까지 제 딴에는 티

나지 않게 여자를 쫓아다녔다.

추정컨대 이선이 나이를 먹지 않게 된 것은 열여덟 해 전부터였다. 아마도 그해 서소문 일대에서 기이한 일을 겪게 된 이후부터.

서소문은 한성의 사소문 중 하나였다. 정식 명칭은 소의문. 사대문으로는 시체가 나가지 못하니 사소문을 통해 한성 바깥으로 나갔는데 서소문에서는 한성의 서쪽에서 죽은 이들의 시신이 나갔다. 산 사람도 많이 드나들었다. 문밖에 큰 시장이 섰다. 처형장도 있었는데 이선이 태어날 무렵 없어졌다고 들었다. 죽어서 나가고 죽으러 나가고 살려고 드나들던 문이었다.

이선은 어려서부터 서소문이 좋았다. 서소문 근처에 가면 왠지 안심이 되었다. 어미와 같이 시장에 가려고 자주 드나들기도 했다. 해 질 녘 문을 지나 문득 돌아보면 세상의 관문처럼 서 있던 그것. 그 위로 노을이 내리고 어린 이선의 입에는 어미가 사 준 군것이 들어 있었다.

이선이 이제 혼기가 찼다는 말을 듣던 무렵 한성은 대한제국 수도에서 일본제국의 경성부가 되었다. 중인 출신으로 하급 관리를 하며 하지 말라 하던 것이 쓸데없이 많던 아버지는 이선을 종로에서 포목점을 크게 하는 집 외아들과 혼인시켰다. 일제가 전차를 지나게 한다며 서

소문과 일대의 성곽을 철거한 건 이선이 혼인하고 이태 후였다. 그 소식을 전해 들은 이선은 어린아이처럼 엉엉 울었다. 마치 혼인 후 자신의 삶이 그지없이 외롭게 되었고 더는 나아질 바가 없음을 그 문의 철거가 증명이라도 한다는 듯이.

아니나 다를까, 이선의 삶은 그 뒤로 스산할 대로 스산해졌다.

남편이 주인이라고는 하나 실은 시어머니가 도맡고 이선이 실권 없이 뒤치다꺼리하는 장사가 잘 되어 입고 먹는 것에는 큰 부족함을 느끼지 못했고, 구두쇠인 친정아버지 밑에 있던 적에 비해서도 형편이 한결 나았으나 마음만은 한겨울 구멍이 숭숭 뚫린 창호 문 같았다.

아이가 들어서지 않는 것이 가장 큰 문제였다. 한량 기질이 있어서 장사에도 열심이지 않던 남편은 신혼 때부터 이선에게 그다지 관심이 없었는데 혼인한 지 한 해가 지나서는 태기가 없는 것을 핑계로 바깥으로만 나돌았다.

남편은 첩도 세 명이나 잇달아 두었고 이래저래 유흥가를 돌아다니면서 오며 가며 카노조라 칭하는 여자도 많았지만 어찌 된 일인지 10년이 넘도록 어느 여자의 배에서도 흔한 여식 하나 보지 못했다. 웬지 양자를 들이는 것도 시가에서는 탐탁지 않게 여겨 속절없이 세월만 흘렸다. 고자라는 소문이 돌자, 남편은 술을 억병으로 마시고 돌아다녔다. 그래서 그가 한겨울에 술을 먹고 노상에서 얼어 죽은 건 그리 놀라운 일은 아니었다.

하지만 이선의 시어머니에게는 뜻밖이었고, 있어서는 안 될 일이었으며 모두 집안에 사람을 잘못 들인 탓이었다. 친정으로 내쫓길 각오를 한창 하고 있던 차에 이선은 대낮에 시어머니에게 머리채가 잡혀 종로통에 패대기쳐졌다.

"사내 잡아먹은 년. 이 요망한 년. 아이고 사람들아, 내 말 좀 들어 보소. 여자 하나 잘못 들어와서 삼대독자 아기 씨앗도 막아 놓더니 종국에는 생때같은 내 아들까지 잡아먹었네."

짐짓 말리는 사람도 있었지만 외면하고 제 갈 길 가거나, 하던 장사를 마저 하던 이가 더 많았다. 외아들을 잃은 시어머니가 불쌍하다며 눈물을 훔치는 늙은 여자도 있었다. 무슨 만세 운동이라도 난 줄 알고 저 멀리서 달려 온 일본 순사도 사정을 알고서는 혀만 끌끌 차다 돌아갔다.

이선은 흠씬 두들겨 맞으면서도 울지 않았다. 외려 등허리가 시원하였다. 그래 봐야 자식 죽고 나서 곡기 건너뛰는 건 예사고 기력도 다한 늙은 여자가 하는 매질에 죽기야 하겠나 싶기도 했다. 과부 된 지 얼마 되지도 않은 여자가 저리 남우세를 당하면서도 눈물 한 방울 흘리지 않는 것을 두고 독하다고 수군대는 소리가 귀에 쏟아졌지만 상관없었다.

이선의 가슴에는 나이 든 피붙이 여자들이 말하던 한이나 응어리가 맺히지 않았다. 가슴에 들어선 것은 그저 차디찬 감각이었고 머릿속에 맴돌던 생각은 정말 내가 지아비를 잡아먹은 건지, 그게 맞는 건지 하는 의문뿐이었다.

한때는 단란한 가정을 꿈꾼 적이 있었다. 어차피 배필을 마음대로 선택할 수 없다면 혼인상에서 나란히 맞절한 이후부터 최선을 다하면 될 일이라 여기고, 자신과는 맞지 않는 성미와 눈에 들지 않는 용모를 부단히 참아 넘겼다. 첫날밤 옷고름이 풀린 다음에는 이제 제 몸은 더는 제 것이 아니고 누구에게 속한 몸이라고 다짐하기도 했다.

하지만 생전이나 지금이나 아무리 생각해도 이선의 남편은 좋은 사람이 아니었다. 제 섭섭하고 분한 마음을 빼놓더라도 마찬가지였다. 그렇다고 그렇게 죽어도 좋은 사람이라고 생각하면 제자리에서 벼락 맞을 일이었다.

그리 형편없는 사람이더라도 시어머니 말대로 내가 불길한 여자라서 그리 죽게 했다면 내가 죽일 년인가. 지금이라도 죽어야 마땅한가.

오래전 청나라에서는 가장이 죽으면 처첩을 순장하기도 했다지. 시어머니가 내뱉은 지독한 말 중 하나가 생각났다.

"부부는 일심동체요. 여자는 일단 첫 남자에게 몸을 의탁하면 그것으로 그만인 것이다."

시집가기 전날 친정어머니가 저를 따로 불러 한 말도 이선의 멱살을 움켜쥐었다. 이선의 아비이자 자기 남편이 첩을 두지 않은 것만으로도 고맙게 여기며 그 까다로운 성미를 다 맞추던 사람. 이 길로 친정으로 돌아가도 어미는 결코 저를 반기지 않을 것이다.

상념에 휩싸인 이선은 허우적허우적 옛 서소문 근처까지 갔다. 어느덧 어스름이 깔리기 시작했지만 온몸의 감각이 예민해져서 길가에 날리는 먼지 한 톨까지 선연했다. 그렇듯 오감이 민감하면서도, 또 아무렇지 않게 자신을 턱 놓아 버릴 수도 있을 것 같았다. 더 살아서 무엇 하겠는가. 개가를 한다 한들 어느 사내에게 운명을 맡길 것이며 또 그 운명에 속을 것인가.

이대로 전차에 몸을 던지는 것은 어떠한가. 일본인들이 허물어뜨린 서소문의 한이 서린 이곳에서 자신도 이만 생을 마감하는 것이.

그때 행려병자지 싶은 시신이 들것에 실려 가는 것이

이선의 눈에 들어왔다. 마침 불어오던 바람에 볏짚이 들려 시신의 뜬눈이 드러났다. 이생에 무슨 억울함이 남았기에 눈도 다 못 감고 죽었는가. 더구나 기껏해야 열두세 살밖에 돼 보이지 않는 앳된 얼굴이었다. 사내인지 계집인지도 분명치 않은 어린아이의 모습. 그 모습이 유독 가여워 황급히 볏짚을 올려 시신의 얼굴을 가렸다.

그런데 볏짚 사이로 손이 달랑거리는 것이 문득 눈에 띄었다. 그 손이 역시 애처로우면서도 어딘가 묘했다. 이선은 저도 모르게 그쪽으로 손을 뻗었다. 잠시 손을 잡아주는 것만으로 자신의 온기를 전하고 싶었다.

하지만 시신의 손등에 닿자마자 찐득찐득한 액체가 묻었다. 얼른 손을 거두고 치맛자락에 쓱 닦으려다 말고 손바닥을 펼쳐 봤다. 피나 진물인 줄 알았는데 왠지 푸르스름한 것이 묻어 있었다. 등에 한기가 훅 끼쳤다. 그제야 시신이 닿았던 살갗이 쓰라리며 온몸이 미친 듯이 아프기 시작했다. 시어머니에게 질질 끌려 가면서 시장 바닥에 손이 쓸려 나갔는데 바로 그 자리에 액체가 묻은 것 같았다. 온몸이 아픈 데는 대낮에 시어머니에게 맞은 뒤끝도 있었다. 너무 분하고 민망한 나머지 그간 통증을 거의 잊고 있었던 건지도 몰랐다.

아마도 그때부터였다. 이선이 늙지 않게 된 것은. 통증은 보름쯤 지나고서 가라앉았지만 몸이 예전 같지 않았다. 달포에 한 번씩은 어김없던 달거리도 그쳐서 개가할 마음도 접었다. 흘리는 피의 양이 많아선지 한 달에 며칠씩 밑이 빠지던 고통이 사라지고 기분이 일정한 것은 좋았다. 시장하지도 목마르지도 않고, 음식을 먹지 않는다고 기운이 없거나 살이 빠지지 않는 것도 다행이었다. 대신 지독한 허기가 산발적으로 온몸에 들어찼다.

어려서부터 이선은 육식을 즐기지 않았다. 어쩌다 상에 오르는 고기반찬도 형제들에게 기꺼이 양보했다. 생선도 썩 좋아하지 않았다. 없어서 못 먹지, 고기를 잘 먹어야 키가 큰다고 어미는 말하곤 했다. 그래도 이선의 키는 또래 여자 중에선 큰 편이었다. 허리가 쓸데없이 가늘어서 아이가 들어서지 않는다고 시어머니가 타박할지언정 고기나 생선을 즐기지 않아 손해를 본 일은 없다고 생각하며 살았다.

그런데 이제 이선은 고기가 아니고서는 식욕이 없었다. 남들 눈치가 보여 누군가와 겸상할 때는 수저를 들긴 하였고 막상 입안에 음식이 들어가면 예전처럼 맛을 느끼기는 해도 그 기묘한 허기를 채울 길은 없었다.

그냥 고기반찬 정도로는 허기를 전혀 모면하지 못했다. 생선도 마찬가지였다. 방금도 살아서 펄펄 뛰던, 다른 말로 죽기 직전의 짐승 고기여야 식욕이 당겼다. 신선한 피와 살이어야 했다. 직접 숨통을 끊어야 훨씬 기분이 짜릿했고 포만감이 오래 갔다.

눈앞의 저 여자를 쫓아가면 이 지독하고 은밀한 허기에서 벗어날 수 있을지 몰랐다. 이 외에는 다른 방도가 전혀 없다. 이선은 눈을 부릅떴다. 그리고 여자가 어쩌면 저만큼이나 간절하게 쫓고 있는 청년을 놓치지 않으려고 애썼다.

그들의 발길이 서대문경찰서 앞에 멈추고 나서는 몇 번 적이 당황하긴 했다. 하필 경찰서 앞이기도 해서지만 그때부터 여자가 감쪽같이 사라졌다 싶더니 다시 경찰서 앞에 돌아오는 것을 여러 번 반복했기 때문이었다.

청년만 시야에서 잃어버리지 않으면 된다. 이선은 다시금 마음을 다잡았다. 혹여 놓치더라도 여자가 저리 집요하게 쫓는 청년이 어떤 사람인지만 알면 언제고 여자를 다시 만날 기회는 있으리라 직감했다. 이선은 이미 대비도 해 두었다. 그간 알아본 바 청년의 이름은 마쓰우라 후미히토였다.

마쓰우라 후미히토는 마음이 날아갈 듯 기뻤다. 이번에 유급을 했으니 아버지가 아예 사람 취급을 하지 않을 것이 뻔한데 현상금까지 걸린 지명수배자를 잡기만 하면 마음이 누그러짐은 물론 자신을 보는 눈도 달라질 것이었다.

후미히토는 다른 건 몰라도 눈썰미 하나는 자신 있었다. 이때껏 사람 얼굴을 헷갈린 적이 없었다. 만난 지 횟수로 두 번째인 쌍둥이 자매를 놓고 단박에 형 아우를 구별한 적도 있었다. 자기가 생각해도 예술적 감성이 크게 있는 것 같진 않았지만 눈앞의 사물을 거의 똑같이 그려내는 재주도 있었다. 아무리 넝마주이로, 구두닦이로 그럴싸하게 변장했더라도 저자는 집행유예 중에도 노동 운동을 해서 쫓기는 신세가 된 사회주의 지도자가 틀림없었다.

민족주의자는 그래도 타협의 여지가 있다. 일본제국과 천황 폐하가 우뚝 서면 그 영도하에 있는 조선인들도 미래를 보전받는다고 설득할 수 있고, 왕왕 소득도 있었다. 사회주의자니 아나키스트니 하는 자들은 그렇지가 않다. 천황 폐하의 권위와 일본제국의 정당성에 정면 도전하는 자들이니 샅샅이 색출해야 한다. 특히 사회주의자들은 공장이나 탄광 같은 산업 시설에 자기네 사람을 심고 노동자 조직을 만들어서 제국의 근간을 흔드는 자들이다. 전향 없이는 선처 없다. 아버지의 지론이었다.

사회주의자 잡는 일경의 호랑이. 바깥에서 아버지인 마쓰우라 경부를 칭하는 별호였다. 조선인들의 원한이 다분히 서려 있는 표현이기도 했지만 후미히토는 괘념치 않았다. 태어나 보니 일본제국이 조국이었다. 본디 부모 모두 조선인이었다는 사실은 의미가 없었다. 첩의 소생인 자기의 경우부터가 그랬다.

어려서 혼인한 본처와는 소생을 보지 못한 아버지는 양자를 들였다. 그 뒤 기생에게 잠시 빠져 그를 첩으로 들인 것이 후미히토가 태어난 사정이었다. 아버지는 가회정에 따로 지은 번듯한 집에 모자를 살게 하긴 했으나 아직도 자신의 친조카이자 후미히토의 사촌 형 시즈오를 파양하지 않았다. 본처가 친자식처럼 귀애하며 직접 기른 터여서 오히려 시즈오의 존재를 본처의 불만을 잠재우는 수단으로 삼는 눈치였다.

집안을 통틀어 학문에 능한 자가 없건만 시즈오는 남달랐다. 과외 선생도 여럿 들여 배웠지만 전문학교도 어렵게 들어간 자신과는 달리 시즈오는 가욋돈을 들이지 않고도 경성제대에 수월하게 입학했고 지난해는 동경제대로 유학을 갔다. 성품도 반듯해서 어려서부터 허튼소리 한 번 하는 것을 보지 못했다. 여러모로 비교되지 않을 수 없었다.

어느 시절이라고 첩의 자식을 차별하는가. 자기 피를 물려받은 아들이 엄연히 있는데 한 치 건너 두 치라고 조카를 장자로 계속 두는 건 무슨 경우인가. 후미히토는 화가 나면서도 아버지의 눈에 들고 싶었다. 그렇다고 시즈오를 따라할 마음은 내지 않았다. 시즈오의 자질이 원체 뛰어나기도 해서지만 후미히토는 그처럼 열심히 살고 싶진 않았다. 구김이라곤 없는 모시옷처럼 반듯하게 사는 건 생각만으로도 온몸이 답답했다.

근래 전체적인 물자 부족 현상은 있어도 마쓰우라 경부의 아들로 사는 건 신간이 편한 일이었다. 양자는 일찌감치 양갓집 규수를 골라 혼인시켜 놓고는 친아들 장가보내는 일에는 여태 생각이 없는 것에 어머니는 투덜거렸으나 후미히토는 그에는 전혀 불만이 없었다. 형수처럼 반가 출신이긴 하나 보통학교나 겨우 나온 여자는 취향이 아니었다. 부인만은 제 마음에 드는 여자로 얻고 싶었다. 시시한 여자에게는 연애를 걸 생각도 없었다. 일본 여자도 좋고 여학생도 좋았다. 무용가 최승희처럼 예술하는 세련된 여자도 좋았다.

한두 번이 아니었던 오입질은 재미났지만 너무 방탕하게 굴었다가는 종내는 매독에 걸려 고생할지도 몰랐고, 앞으로 반드시 맞아들일 영민하고 아리따운 부인에게도 체면이 아닌 것 같아 후미히토는 자기 딴에는 색을 경계하는 편이었다.

그러나 저도 모르게 방심했던지, 몇 번 놀아났던 요릿집 여급이 얼마 전 자기 자식을 낳았다고 주장하는 것이 최근의 근심이었다. 여자가 대놓고 돈을 요구하는 것도 아니라서 더 무서웠다. 그저 아기를 한 번 보고 가라는 것인데 그에 선뜻 응하기가 두려웠다. 그렇다고 그 정도 요구도 안 들어주자니 여자가 아이를 둘러업고 본정경찰서에 쳐들어가 마쓰우라 경부를 만나게 해 달라고라도 하면 어쩐다 싶었다. 한편 자신으로 말미암아 비록 딸이지만 자식이 생겼다니 나중이라도 남자구실 못 한다는 말은 듣지 않을 거 같아 기쁘기도 하고, 시즈오는 혼인한 지 다섯 해가 넘어가도록 자식이 없는 걸 생각하면 작은 승리감에 취하기도 해서 제가 생각해도 복잡한 심경이었다.

전문학교 유급만으로도 큰일인데 혼인도 전에 자식이 생긴 일은 훨씬 큰일 같기도 해서 이쪽으로는 외려 생각을 접고, 유흥가에 발길을 잠시 끊었을 뿐이었다.

얼마 전에도 여학생 차림의 여자가 자기를 따라서 본정 다방까지 들어오는 것 같긴 했지만 무시했다. 혹시 아버지의 본처가 붙인 첩자 같은 것이 아닌가도 했는데 요즘은 예전에 비해 생활이 제법 반듯한지라 이 부분은 걱정할 것이 별로 없었다. 여자가 자신에게 반했을지도 모른다고 생각하니 기분이 좋았다. 처음 있는 일도 아니다. 남들 말로 허우대는 멀쩡한 데다 어머니 말씀대로 미운 데는 없는 얼굴이고 경성에서 자신처럼 머리부터 발끝까지 고급품으로 양장을 한 젊은 신사는 드무니 그럴 만했다. 얼마 전 조지야에서 거금 87원을 들여 맞춘 펠트 코트가 한몫했을지도. 예전 같으면 첩자건 뭐건 개의치 않고 수작깨나 걸었겠지만 요새는 그럴 계제가 아니고 얼핏 훔쳐본 얼굴은 크게 모난 데는 없어도 지금 같은 상황에서 욕정이든 연정이든 크게 동할 만한 미모는 아니었다.

자신의 눈썰미도 눈썰미지만 이번 일은 하늘도 도왔다. 무슨 바람이 불었는지 늘 걷던 본정도 황금정도 아닌 청계천 주변을 거닐다가 마주친 자가 하필 넝마주이로 분장한 사회주의자라니. 혹시나 해서 가벼운 마음으로 따라붙었다가 그자가 서대문경찰서로 방향을 튼 것을 용케 놓치지 않은 것도 천운이었다.

신무 천황이니, 태양신의 후예니 하는 전설 같은 이야기를 말 그대로 믿는 것은 아니지만 사후에는 가히 천황폐하의 은혜라고 하더라도 손색없을 일이었다. 일이 잘되면 한달음에 남산 조선신궁에 올라가서 참배하리라. 기자들의 인터뷰 요청이 필시 있을 테니 이 모두가 천황

폐하의 은덕이라는 말은 빼놓지 말고 신사 참배한 이야기도 꼭 해야지. 어쩌면 이 기회에 총독부의 한직이라도 얻을 수 있을지 모른다.

그 아비에 그 아들, 신출귀몰 사회주의자 잡는 데 결정적 공헌해

신문 기사의 제목이 깃발처럼 머릿속에 나부꼈다.

어쨌거나 대담한 자다. 첫날 저자가 서대문경찰서 주변을 맴도는 것까지는 확인했으나 어느 틈에 사라져서 그만 아주 놓친 줄 알았다. 열흘이 넘게 청계천 일대를 뒤지다 서대문경찰서 앞에 나와 보긴 했어도, 현상금까지 걸린 지명수배범이 비록 변장하긴 했으나 경찰서 앞에 다시 나타나 좌판까지 벌이리라고는 상상도 못 했다. 더욱이 얼마 전에 서대문경찰서에서 앞장서서 반도 내 사회주의자들을 대거 검거하지 않았나. 아버지인 마쓰우라 경부가 정녕 호랑이라면 저런 행동은 호랑이굴에 뛰어든 것이나 진배없다.

지금도 사내는 묵묵히 구두를 닦고 호객하고 있었다. 하지만 후미히토의 눈에는 그자가 남들 눈에는 보이지 않는 더듬이를 있는 대로 세우고 기민하게 경찰서 안팎의 동정을 살피는 것이 뻔히 보였다.

내 눈에 든 이상 이제 저자도 독 안에 든 쥐다. 후미히토는 공부 머리는 조금 부족해도 몸싸움은 자신 있었다. 자신을 몸치장에나 골몰한 모던보이 나부랭이쯤으로 생각하고 시비를 걸어 온 부랑배 두엇을 흠씬 패 준 적도 있었다. 꽤 다부져 보이긴 해도 자신보다 나이가 두 배쯤 더 많고 키는 제 어깨에나 겨우 올까 싶은 남자 하나 붙잡는 건 일도 아니다.

허나… 혹시라도 총이라도 지니고 있으면 어쩐다. 그건 완전히 다른 얘기다. 이리도 추운 날 허술할 대로 허술한 입성으로 봐서는 옷 속에 무슨 무기라도 품었을 거 같지는 않았다. 혹여 그렇더라도 몸싸움 전 슬쩍 손을 대 보면 알 일이다. 그렇다면 남은 데는…. 후미히토는 그자 옆의 구두닦이 통을 뚫어져라 보았다.

모든 글은 독자를 고려해야 한다. 후미히토는 대중을 계몽한답시고 어렵고 딱딱하게 적은 글을 경멸했다. 기사도 재밌어야 한다. 극적인 요소가 있으면 더 좋다. 그런 건 적당히만 있어도 기자들이 알아서 윤색해 줄 것이지만 그들의 수고도 덜어 줄 겸 저 대담한 사회주의자를 일단 좀 더 두고 보기로 했다.

그는 이름이 많았다. 직업도 많았다. 그때그때 달라지는 직업에 어울리는 이름을 매번 고르는 것도 일이었다.

농부는 농부의 이름을, 넝마주이는 넝마주이의 이름을, 구두닦이는 구두닦이의 이름을 지었다. 이름은 짓는 것만으로 끝나지 않았다. 반드시 기억해야 했다. 행여 헷갈리거나 본명을 말했다가는 밀고를 당하거나 순사에게 붙들려 갈지 몰랐다. 그의 본명은 이 땅에서 감옥행을 맡아 놓은 지 이미 오래였기 때문이었다.

지금은 구두닦이였다. 구두닦이다운 이름 석 자도 이미 지어 놓았다. 벌이는 신통치 않았다. 그도 그럴 것이 최근 경기가 나빠졌기 때문이다. 손재주 하나만은 자신 있고 반죽도 좋은 편이니 일에 요령이야 차차 붙겠지만 손님의 지갑이 마른 데는 뾰족한 수가 없었다. 물자가 귀해졌고 이에 당연하게도 물가는 올랐다. 몇 해 전 일어난 중일 전쟁은 일제의 과욕이 고스란히 드러난 징표였다. 욕심이 과하면 사달이 나기 마련이다. 그건 일제 타도니 조선 독립이니 사회주의니 하는 것들과는 또 다른 얘기다. 사람이 살아가는 이치에 지나지 않는다. 얕은수를 부리는 자들은 당장의 승전보 앞에서 일본의 승리만을 봤겠지만 그는 오히려 머지않을 패망을 점쳤다.

동지들이 대거 검거됐다는 소식을 듣고 경성으로 들어온 지 아직 한 달도 채 되지 않았다. 연락책과도 연락이 닿지 않는 판국이라 남은 동지들마저 깡그리 체포되는 일이라도 있을까 하여 검거를 주도한 경찰서 앞까지 온 것이다. 이미 자신도 청진에서 광업소 노조 결성을 도모하다 다시 수사망에 들어온 신세가 되었다. 무너진 국내 조직 재건을 하루라도 더 서둘러야 한다. 오늘이 바로 그 시작이 되는 날이었다.

코민테른이니 프로핀테른이니 하면서 소련에서도 가끔 자기네 사회주의자들을 조선 땅에 파견하지만 그 앞에서 그는 기죽은 적이 한 번도 없었다. 조선 사정은 조선인이 제일 잘 안다. 애초에 이리로 불어오는 바람에 적응하고 이 흙에 적합한 씨를 뿌리며 저마다 뿌리박고 살아가던 땅에 물 건너 무도한 자들이 와서, 무능하고 겁 많은 황제를 겁박하여 말뚝을 박은 것이 이 모든 만행의 시작이 아니었던가. 조선인도 제국의 일원이 되자면서 일본인 직원에게 조선인 노동자보다 6할이나 수당을 더 주는 것이 그들의 본심을 바로 보여 주는 일이 아니던가. 그리고 바로 그런 짓들에 지나지 않는 것이 세계 각지의 인민을 비극에 처하게 한 작금의 제국주의가 아니던가. 그것이 식민이 아니던가. 지금 일제에 동조하는 자들은 당장은 보기 좋게 가꾼 분재처럼 살겠지만, 결국 뿌리가 뒤틀릴 대로 뒤틀려 자승자박할 것이다.

이 땅에 발 딛고서 일제에 저항하는 세력이 조금이라

도 있어야 뿌리가 썩지 않는다. 지사들이 하나둘 떠나기만 하면, 개인의 운신이야 폭이 넓어지겠지만 이 땅의 어둠은 도리없이 깊어진다. 잠시 어두운 것은 괜찮으나 그 어둠이 땅속까지 침범하면 황무지가 된다. 그리되면 장차 독립하더라도 지력을 북돋기 어려울 것이다.

안다. 무슨 주의를 막론하고 많은 독립운동가가 내도록 이국의 땅을 떠도는 것을. 그들을 공식 석상에서든 어디서든 비난코자 하는 마음은 없다. 그들이 그 땅에서 그들만이 할 수 있는 일을 하는 것도 사실이다. 자신도 이 땅을 떠날 기회가 있었고 그럴 마음이 아주 없지도 않았다. 근자에 촘촘히 조여드는 수사망을 버틸 엄두가 잠시 나지 않아 소련으로 넘어갈 시도를 하기도 했다. 결국 실패로 끝났지만, 실망스럽지만은 않았다. 모스크바고 하얼빈이고 어디고 한사코 떠날 마음은 한 번도 나질 않았다. 남을 수 있는 사람이 남으면 된다. 지난날 일경에 쫓겨 깊은 산속을 떠돌면서 오래 은둔 생활을 하던 걸 두고도 어떤 이들은 소득 없는 짓을 했다며 한심하게 여길지 모르지만 그는 이런 마음으로 남았다.

다만 조국엔 언제나 감옥이 있었다.○ 지금이라도 저기

○ 독립운동가 이관술(1902~1950)이 해방 후 현대일보에 기고한 회상록 제목.

저 경찰서 문을 열고 들어서기라도 하면, 당장 눈 밝은 누군가에게 정체를 들키기라도 하면…. 아니다. 그는 무심코 고개를 저었다. 일제가 들어온 후 반도 전체가 큰 감옥이 되었다. 그것을 아는 자와 모르는 자, 알면서도 동조하는 자로 나뉠 뿐.

겨울은 해가 빨리 진다. 얼른 장소를 이동해야 한다. 그는 경찰서 일대의 동정을 살피던 눈길을 잠시 거두고 제 앞에 앉은 젊은 신사의 구두를 열심히 닦았다. 이 구역에서는 마지막 손님이었다. 아까부터 계속 이쪽을 보기에 긴장했으나 조심스레 구두를 닦아 달라는 말에 안심했다. 아마 보기보다 소심해서 구두 닦아 달라기도 주저한 모양이었다. 실은 젊음이란 그렇다. 턱없이 무모하고 방자한가 싶다가도 지나치게 수줍음이 많기도 하다.

멋을 부릴 대로 부린 모습이었고 어딘가 모르게 얼이 조금 빠진 녀석 같았지만 그는 왠지 눈앞의 청년이 싫지 않았다. 자신도 내내 쫓겨 다니지만 않았다면 지금쯤 이만하진 않더라도 아들 하나는 있었을까. 그랬다면 도망자 신세지만 남 보기에도 한결 떳떳했을까. 그는 잠시 상념에 빠졌다가 무심코 고개를 저었다. 아니다. 딸들만으로 충분했다. 아비 얼굴도 제대로 못 보고 자라나는 다섯 딸들에게 그는 잠시 미안했다. 평등한 새 세상이 오면 제

딸들도 남의 아들들과 다를 바 없이 제 목소리를 내고 살아갈 수 있을 것이다.

그러기 위해서 지금은 구두를 닦아야 한다.

"자, 다 되었습니다."

그런데 구두 닦은 값을 건네며 일어서던 청년이 기우뚱하는가 싶더니 들고 있던 스틱으로 제가 아까까지 앉아 있던 구두닦이 통을 툭 쳤다. 기름하게 난 홈 사이로 안에 든 것이 우르르 쏟아져 나왔다.

"어이쿠. 미안합니다. 어째 셈을 더 치러야겠습니까?"

청년이 고개를 숙이며 연신 사과했다.

"일 없습니다. 그만치 상한 것 없습니다."

몇 십 전이라도 더 달랄까 싶었지만 정말 물건이 망가진 것도 없었고 이만한 일로 아들뻘 젊은이를 몰아붙이고 싶지도 않아서 그는 물건을 줍다 말고 손사래를 쳤다.

그런데 청년은 아무래도 안 되겠던지 바짝 다가왔다. 같이 물건이라도 주우려나. 아까 사과한 일도 그렇고 아무래도 영 허랑방탕한 녀석은 아닌가 보다. 별것도 아닌 행동에 그는 조금 기뻤다.

"도련님."

불쑥 다른 목소리가 그들 사이에 끼어들었다. 구부린 등을 펴서 보니 메센자 차림의 소년이 그와 청년 사이를 가로막고 섰다.

"마쓰우라댁 도련님이 맞으시지요?"

청년은 적잖이 당황한 것 같았다.

"모친께서 편찮으시다고 전갈이 왔습니다. 속히 가회정으로 가시지요."

그저 우연일지도 몰랐다. 경성 시내에 인편으로 용건이며 물건이며 전하는 일이 어디 한두 건인가. 청년이 평소 이 부근을 잘 다니는 걸 집에서도 잘 아는 게지. 그래서 메센자를 바로 지금 이 자리에 보낼 수 있었던 거다. 아니지. 아무래도 이상하다. 여긴 젊은이들이 즐겨 다니는 본정이 아니다. 혹시 이건 청년에게 전하는 부름이 아니라 내게 보내는 경고인가. 저 철없어 보이는 청년이 일제의 첩자라도 되는 겐가. 사복 순사일 가능성은? 어쨌거나 나도 모르게 얼마간 방심했다. 이것만은 자명하다.

물건은 얼추 다 챙겼다. 그는 청년이 영 정신이 없는 틈을 타 인사도 없이 재빨리 뒷걸음질 쳤다. 마쓰우라라면은 일본인보다 더 악독하게 조선인을 고문하는 조선인 경찰의 성이었다. 단순한 우연이고 누군가가 공들인 경고고 뭐고 간에 조짐이 좋지 않았다.

혹시 모를 미행을 떨쳐내기 위해 그는 잰걸음으로 경성 시내를 한동안 정처 없이 걸었다. 장곡천정에서 한 번 구두를 닦아 달라는 요청을 받기도 했으나 구두 기름을 잃어버렸다며 거절했다. 그의 말은 사실이었다. 아까 청년의 스틱에 맞아서 통에서 쏟아져 나온 도구를 챙긴다고 챙겼건만 구두 기름만 빼먹은 터였다.

"이보시오. 구두닦이가 구두 닦을 재료가 없다니. 참 대책 없는 인사로구먼."

자신보다 한두 살 많을까 싶은 남자가 뭐가 그렇게 재밌는지 너털웃음을 터뜨렸다.

"그러게 말입니다. 지금 찾으러 가는 길입니다."

이건 거짓말이었다. 어차피 오늘 마지막 구두닦이 일에는 구두약 같은 건 필요 없었다.

종로 네거리의 화신백화점을 지나 안국정으로 들어서니 이미 사위가 어두웠다. 일본인들이 주로 거주하는 남촌에는 가로등이 많지만 조선인 집이 많은 북촌에는 가로등이 아직도 충분하지 않았다. 말로는 내선일체니 황국신민이니 해도 내지 출신과는 임금 지급부터 차별을 두는 일제의 속내가 전깃불만큼 훤히 드러나는 일이었지만 이 역시 오늘 일을 마무리하기엔 좋은 조건이었다.

그는 이제 오르막길을 할 수 있는 한 천천히 걸었다. 길 거의 끝에 자리한 기와집 앞에서 정장 차림에 옆구리에는 서류 가방을 낀 남자가 서성이는 것이 보였다.

"일이 끝나 이제 집에 들어가는 길입니다. 싸게 해 드릴 테니 구두 한번 닦아 보시겠습니까."

그는 막 담배를 꺼내고 있는 또래 남자에게 말을 걸었다.

"이렇게 어두운데 구두를 닦으란 말이오? 오늘 밤은 달도 구름 아래 숨지 않았소. 담뱃불이라도 켜라 이 말이오? 뭐, 그런 상술이 다 있소."

"칠흑같이 어둡다고 아무것도 보이지 않는 건 아닙니다. 정 그러면 먼지라도 털어 드리지요. 공짜로."

그는 구두닦이 통에서 솔을 꺼내 쭈그려 앉았다. 남자도 담배를 도로 코트 속으로 집어넣고 통에 앉아 순순히 발을 내밀었다.

"하긴 벌써 동지도 지났구먼. 동지가 지나면 이제 어둠이 짧아지고 빛 드는 시간이 길어질 일만이 남았지."

"정녕 그렇습니다."

"실은 예서 우리 집이 멀지 않소. 저기 옥인정에서 사람을 만나고 오는 길인데 마음이 번다하여 전차에서 미리 내려 이리저리 걷고 있던 참이었소. 내 사는 데가 금호문 바로 밖이오. 예서는 10분 거리밖엔 아니 되오. 음력 선달 열흘날에 동료 선생들과 학생들을 집에 초청하여 서양인들처럼 뉴이어 파티, 그러니까 새해맞이라는 걸 해 볼 요량이오. 그날 일과를 조금 서둘러 마치고 오시겠소? 구두 닦을 사람이 많으니 꽤 벌이가 될 겁니다. 정 안 되면 내 구두 닦는 값이라도 후히 쳐 주리다."

"그 파티라는 것이 무산되는 일은 없겠습니까?"

"그럴 수도 있지마는 정 안 되면 내 구두라도 닦고 가시면 되니 편히 들르시오."

그는 다시 몸을 일으켰다. 마음 같아서는 악수라도 하고 싶었지만 만에 하나 누군가 자신들을 지켜보고 있을지도 모르니 조심해야 했다.

"그럼 살펴 가시지요. 그날 벌이하러 가서 뵙겠습니다."

"자, 이건 방금 먼지 털어 준 값이 아니라 그날 선금이오. 이래 봬도 은하요. 예전에 누가 갑째 준 것인데 딱 한 대 남았소."

남자는 아까 코트 속에 도로 집어넣은 담배를 건네더니 창덕궁 쪽으로 발길을 옮겼다. 그는 옆과 뒤를 돌아보고 인적이라곤 없는 걸 확인한 다음에야 남자의 느긋한 걸음걸이를 감상했다.

서로 만난 건 이번이 처음이지만 그는 남자가 누군지 잘 알고 있었다. 남자는 큰 부자는 아니더라도 경성제대 교수로 다달이 급여를 받고 있으니 그날 빈손이지는 않을 것이다. 파티. 구두. 구두 닦는 값. 충분할지는 몰라도 사비를 털어서라도 얼마간은 마련해 보겠다는 소리다. 조직을 복원하고 미래를 도모할 자금을 조금이라도 확보할 수 있다는 얘기다. 한시름 덜었다.

남자가 시야에서 사라지고 나서 그는 마지막으로 뒤를 둘러봤다. 조선 가옥들만 어둠에 잠겨 있었다. 남자가 집에 들어가고도 남았을 시간에 다시 종로통으로 발길을 틀어 청계천 부근 은신처로 돌아갈 생각이었다. 그전에 고급 담배 한 번 피우자. 도망자이자 구두닦이에겐 진정 사치로구먼. 그는 실실 웃으며 담뱃불을 댕겼다.

"가로등보다 밝구먼."

그는 중얼거렸다. 물론 과장이었지만 과장이 아닌 것도 같았다. 어둠은 그들이 서로를 알아보는 데 사용한 암호였다. 고요한 아침의 나라라지만 지금 그들의 조국은 칠흑처럼 어둡고 감옥처럼 갑갑하다. 하지만 그런 어둠 속에서도 어둠을 조금씩 밀어내고 아침을 준비하며 바지런히 움직이는 생명들이 있다. 자신도 개중 하나일 뿐. 그는 담담히 방금 일을 복기하면서 조만간 열릴 파티에 참석할 마음의 준비를 마쳤다.

매섭게 추운 겨울날이었다. 낮에는 그래도 제법 햇빛이 쏟아져서 괜찮았으나 해가 기울면서는 하늘마저 새초롬했다. 하루를 마친 몸은 차고 고단하고 길은 깜깜했으나 담배 한 대를 다 태우고 돌아가는 걸음만은 그리 무겁지 않았다.

청년은 왠지 잔뜩 분이 난 것 같았다. 멀리서 걸음걸이만 봐도 그랬다. 한밤중이 다 되어 가는데 청년이 제 집이 있는 가회정으로 가지 않고 소격정 쪽으로 방향을 잡은 것에 이선은 조금 당황했다.

낮에 청년은 서대문경찰서 건너편에서 구두를 닦다 말고 갑자기 택시를 부르더니 가회정으로 가자 했다. 그 말을 귀담아듣고 이선도 간신히 택시를 잡아타고 그 집 앞까지 갔다. 여자는 그새 사라졌나 싶더니 청년이 다시 집에서 나오자마자 나타났다. 그 뒤로 청년은 서대문경찰서로 다시 택시를 타고 가서 한참 그 부근을 맴돌다 나중에는 전차를 타기도 하고 걷기도 하면서 한나절이 넘게 청계천이며 종로통을 헤맸다. 그러고 온 경성 시내를 헤집는가 싶더니 결국 여기인가. 오늘 쓴 운임만 해도 얼마인지.

그러나 청년은 소격정에 있는 이선의 집이자 담배 가게를 지나쳤다. 그 뒤를 조용히 따르던 여자도 마찬가지였다. 이선은 안심하면서도 약간 실망했다. 그럼 그렇지. 저 사람들이 내 집을 알 리는 없잖은가. 내가 누군지도.

그러나 여자는 이선을 알고 있는 편이 더 나을지도 몰랐다. 그래야 운을 떼기 쉬울 테니.

당신도 혹시 나처럼…?

청년이 막 어느 골목길에 들어서려는데 여자가 믿을 수 없을 만큼 빠른 속도로 내달려서 청년의 목덜미를 낚아챘다. 여자는 청년을 가뿐히 둘러메고 큰길로 나섰다. 이선은 제 입을 간신히 틀어막았다. 그대로 넋이 나갈 뻔했다가 퍼뜩 정신을 차리고 여자를 다시 뒤쫓아갔다.

북악산 쪽으로 내처 간다 싶더니 여자의 행선지는 삼청공원이었다. 공원 깊숙이 들어가는 여자를 쫓아서 이선도 산책로를 정신없이 빠르게 걸었다. 한겨울 밤 공원엔 그들 외엔 인적이라곤 없었다. 하지만 짐승이 우는 소리, 자박자박 흙길을 걷는 자신의 발걸음 소리, 투두둑 솔방울 떨어지는 소리라도 나긴 하련만 절박한 이선의 귀에는 아무 소리도 들리지 않았다.

정자 앞에서 여자는 걸음을 멈추고 청년을 그 위에 눕혔다. 그리고 품속에서 칼을 꺼냈다. 이선은 저도 모르게 주먹을 불끈 쥐었다. 제게 의미 있는 사람이더라도 다른 사람을 죽이는 것을 두고 볼 수만은 없었다. 어차피 짐승의 목줄을 생으로 끊고 살아가는 인생이었다. 앞길이 창창한 저 청년이라도 구하고 간다면 일말의 가치라도 있지 않겠나. 그러나 맘과는 다르게 발이 바닥에서 잘 떨어지지 않았다.

뜻밖에 여자의 칼이 겨눈 곳은 청년이 아니라 자기 자신의 손목이었다. 여자는 아마 의식을 잃은 듯한 청년의 입을 벌려 제 피를 흘려 넣고 있었다. 마침 달도 구름을 벗어나 있었다. 밝은 달빛 아래 검푸른 피가 뚝뚝 떨어지는 모양이 또렷했다.

"그래, 요 며칠 경성 구경은 잘하였는가?"

여자가 하던 일을 멈추더니 몸을 틀어 이선을 봤다.

"뭐, 뭐 하는 짓이오?"

"그래, 과연 뭐 같은가. 사람을 죽이려는 거 같은가, 살리려는 거 같은가."

"뭐든 저 젊은 사람을 해치지 마시오. 생혼을 깨물어 죽어가는 사람을 살리는 얘기는 내 들어 봤소만 그것은 붉은 피로 하는 것이지 푸른 피로 하는 것이 아니오."

"다 보았구먼."

여자는 왠지 체념한 듯 한숨을 쉬었다.

"잘 듣거라. 나는 여태 여자를 해쳐 본 적이 없고 앞으로도 그럴 마음이 없다. 그렇다고 너 하나 어찌할 힘이 없는 것도 아니니 지금까지 본 일은 모두 잊고 다시는 나를 따라오지 말거라. 뭔가 단단히 착각을 한 거 같으이.

그대가 며칠을 이리 쫓아올 만한 일을 나는 한 적이 없고 어떻다 할 정을 쌓은 일도 없으이. 사람을 잘못 보았어. 그리고 이자를 죽이려는 것은 아니니 괜한 염려 말고."

"나는… 내 이름은 이선이오. 성은 경주 이가, 이름은 선이(善伊). 착할 선. 갑오년생. 설 쇠면 마흔여덟이오. 그리고 나도, 내 몸에서도 언젠가부터 그런 피가 나옵디다."

여자는 말없이 이선을 뚫어져라 쳐다봤다. 마치 입이 아니라 눈으로 말하겠다는 양. 하지만 강렬한 눈빛은 아무것도 말하지 않았다. 그 눈은 마치 보석으로 너무 가득 차 있어서 뭐가 금이고 뭐가 옥인지 구별이 안 되는 보석함 같았다. 여러 감정이 한꺼번에 속에 들어차서 여자는 외려 아무 감정도 드러내지 못하는 듯했다.

여자가 고개를 다시 청년에게로 돌렸다.

"이 자의 이름은 마쓰우라 후미모토다."

"나도 압니다."

이선이 서둘러 말했다.

여자가 다시 이선을 쏘아 보았다.

"나는 그저 당신이 저이를 쫓길래 함자 정도나 알아봤을 뿐이오."

이선은 왠지 억울했다.

"아까 너도 보았지? 이렇게 내 몸의 피를 흘려 넣으면 사람이 이전에 비해 바보 멍충이가 되지. 오래 살기는 하더라만 그것도 장수라 할 정도는 아니다."

"어찌 그런."

그렇게 뻔히 나쁜 짓을 앞날이 창창한 사람에게 할 수 있단 말이오. 이선은 뒷말을 삼켰다. 여자가 빙그레 미소 지었다.

"말이 그렇지 그리 안된 일은 아니다. 허허실실. 화가 나지도 않고 나쁜 마음이 들지도 않고 당연히 얕은 꾀가 나지도 않고 대단한 학문이나 예술은 못하더라도 단순한 사무나 집안일은 보는 정도. 치명적이라고 할 만한 건 자식 생산을 못 한다는 정도다."

이선은 무고해 보이는 젊은이에게 그런 짓을 굳이 한 여자에게도 경악했지만 그래서 자신도 달거리가 없어진 건가 싶기도 했다.

"걱정 말거라. 이자의 대가 끊어지거나 하진 않으니. 정식으로 혼인해서 낳은 아이는 아니나 여식이 하나 있다. 이자가 아까 소격정으로 가던 것도 애 어미를 만나려 한 것이니. 그리 좋은 마음은 아니었을 것 같다만."

"아들이 아니니 대가 끊어진 것이 아니오."

여자가 갑자기 웃음을 터뜨렸다.

"내가 대를 헤아리는 법은 남들과는 좀 다르다. 애초에 나는 이 녀석 어미의 어미의 어미를 연모하였지. 아비에게서 후손을 따지고 들면 구멍이 나기 십상이지만 어미가 낳은 것은 아기를 바꿔치기하지 않은 이상 그 자식임이 틀림이 없다. 이 녀석도 다행히 여식을 얻었으니 장차 대를 잇는 데는 오히려 탈이 덜하지. 혹시 아이 어미가 거짓을 말하는 것일지도 몰라 따로 더 알아보았으나 그 핏덩이는 이 녀석 핏줄이 틀림없더구나. 아비를 닮기도 했지만 무엇보다 그 어미가 이 오입쟁이를 진심으로 사랑하더군. 여인네들이란. 어리석기는."

기이한 광경이었다. 키는 웬만한 남정네보다 크지마는 해사한 얼굴에 나이는 아직 스물 안팎으로 보이는 여인이 확신에 찬 어조로 말을 잇고 있었다. 옆에는 푸른 피를 갓 마신 장정을 눕혀 놓고서. 자신보다 훨씬 어려 보이는 여자의 하대하는 말투에도 이선은 왠지 기분 나쁘지 않았다.

이선은 홀린 듯이 여자의 말을 듣다가 이상한 점을 알아차렸다.

"어찌 여인이 여인을 연모한단 말이오?"

후훗. 여자의 입에서 헛웃음이 나왔다.

"그래, 나도 처음엔 한참을 부정하였지. 허나 내 존재 자체가 훨씬 기이한 것을."

정녕 그랬다. 가장 기이한 점은 여인이 같은 여인을 연모한 것이 아니라 연모했다는 그 여인이 이 청년의 모친도, 조모도 아니고 심지어 증조모라는 데 있었다. 청년과 또래로 보이는 여인이 이 청년의 증조모를 사랑하는 것이 가능한가. 무엇보다 그럴 만한 시간이 있었나. 청년의 증조모는 아무리 자손들과 나이 차가 밭더라도 환갑은 넘었을 거다. 환갑잔치 전에 소천하는 이가 부지기수인 것을 고려하면 이미 여자가 태어나기도 전에 이 세상에 존재하지 않았을 가능성도 없지 않았다.

여인이 여인을 사랑한 일은 이선도 아주 듣고 보지 못한 일은 아니었다. 예전에 친정어머니가 해 준 얘기가 있었다. 어미가 어려서 살던 동네에 서로 애틋하게 지내던 동무 둘이 있었는데 한 동무가 시집을 가자, 남은 동무가 얼마 안 가 목을 매었고 나중에 이 소식을 들은 동무도 만삭인 채 한강에 뛰어들어 목숨을 끊었다고. 그 둘이 필시 그릇된 정분이 난 게라고 사람들은 수군댔다고 했다.

10년 전쯤에도 서로 좋아지내던 여학교 동창 둘이 영등포 기차선로에 몸을 던져 경성 시내가 발칵 뒤집힌 일이 있지 않았던가.

"내 이름은 희다. 성은 전주 이가. 본시 평양 사람이다. 이 녀석의 핏줄을 연모하기 시작한 건 100년도 더 전이었고."

"환… 환생한 것이오?"

"아직도 네가 네 처지를 모르는구나."

여자가 싸늘하게 웃으며 고개를 저었다.

"몇 끼를 굶어도 배가 고프지 않지? 물 한 모금 안 마셔도 목마른 일이라고는 없지? 남들 눈이 무서워 쌀도 사고 물도 긷고 반찬도 하지만, 밥이다 물이다 나물이다 뭐다 먹어도 그저 밥맛이고 물맛이고 나물 맛일 뿐 배가 차거나 하지는 않지? 달마다 하던 것도 끊어졌을 게다. 대신 갈망이 들지 않더냐? 따뜻한 피를 마시고 싶고 몸부림치다 숨이 막 끊긴 살을 베어 물고 뼈를 오도독 씹고. 그리 모진 일을 하고도 어떠냐. 이는 부서지기는커녕 더 날카로워지지 않더냐. 얼굴엔 주름 하나 안 생기고 흰머리 하나 나지 않지."

"나도 그러고 당신처럼 100년도 넘게 사는 것이오?"

이선의 목소리는 제 귀에도 슬프게 들렸다. 이제 자포자기하는 심정이었다.

"그래."

이선의 질문에 답하는 여자의 목소리도 사형선고처럼 엄중했다.

"나는 흡사 창귀나 매구 같은 것이 된 것인가."

이선은 혼잣말하듯 탄식했다. 이선은 옛 서소문 자리 근처에 홀연히 나타났던 시신을 다시금 떠올리지 않을 수 없었다. 어쩌자고 시신의 손을 잡았던가. 얕은 연민으로 그런 쓸모없는 일을 행하였던가.

여자는 그런 이선을 재밌다는 듯 바라보기만 했다.

그렇다면 여자도 괴물인가. 그래서 저와 비슷한 이를 만나도 저리도 싸늘한가. 나도 수십 수백 수천 마리 짐승을 잡아먹고 100년쯤 지나면 저 여자처럼 심장조차 차가운 괴물이 되는가. 이것이 지금 가장 이상한 점이었다. 방금 자신의 무른 점을 한탄하던 것을 그새 잊어버리고 이선은 새로 의문을 지녔다.

“그런데 어찌 연모하던 이의 자손에게 이런 일을 하시오? 왜 이런 일을 하는지도 알 수 없소만 구태여 이런 일을 하자면 다른 사람이라도 상관없지 않소.”

“이런 일? 이런 일이 무슨 일이냐?”

여자가 코웃음을 쳤다.

“아까 저이가 당신의 피를 마신 탓에 거의 바보가 된다고 하지 않았소? 젊디젊은 나이에 더는 자손을 보지 못한다고도.”

“혹시 향산광랑이란 자를 아느냐?”

이선은 주저하다 고개를 저었다. 향산광랑. 요상한 이

름이다. 일본식 이름을 한자로 읽은 거 같기도 했다. 이선은 가까이 지내는 일본인이 없었고 창씨개명 한 지인 중에 그런 이름으로 불리는 자도 알지 못했다. 신문에나 나오는 유명인 이름일 수도 있었지만 이선은 원래 신문을 잘 읽지도 않고 한글이 섞여 있는 신문이 아니고서는 내용을 거의 이해하지 못했다. 한자는 간단한 글자만 읽을 줄 아는 정도였다. 일본어는 간단한 말 몇 마디 하는 것도 서툴렀고 읽고 쓰는 것은 더더욱 자신이 없었다. 특히 조선말과는 달리 일본어는 같은 한자라도 음을 다르게 읽기 일쑤여서 익혀 볼 엄두가 나질 않았다.

"일본 신무 천황이 즉위한 산의 이름을 따고 원래 이름자 중 하나인 빛 광자를 붙여 만든 이름이다. 왜놈들 말로는 가야마 미쓰로라고 읽지. 창씨를 기화로 이제 천황의 후손이 되어 살겠다는 의미다. 그자가 얼마 전 뭐라고 신문에 썼는 줄 아느냐?"

"모릅니다. 신문을 도무지 안 읽어서."

이선은 부끄러웠다.

"그자가 이리 썼다. 조선 놈의 이마빡을 바늘로 콱 찔러서 일본인 피가 나올 만큼 조선인들은 일본인 정신을 가져야 한다고. 유명한 조선 문인이자 한때 민족주의자 행세를 하던 자의 말이다. 그런데 우리 같은 것의 피가 몸에 들어간다고 무에 그리 잘못된 일이냐."

"그래도."

"저자가 요 며칠간 누구를 온종일 쫓아다녔는지 알고 있느냐?"

"모릅니다."

"혹시 저자가 쫓아다니던 자의 얼굴을 보았느냐?"

이선은 안타까운 맘으로 재차 고개를 저었다. 여자와, 여자가 쫓던 청년의 뒤통수만 애타게 따라다녔을 뿐 청년이 누굴 쫓는지는 짐작도 못 했다. 마흔일곱이나 먹어서 이렇게 허술해서야.

"조선의 독립을 꿈꾸며 여기저기 공장에 노조를 만들고 다니던 자다. 6년이 넘게 지명수배 중이지. 얼마 전 그 동료들이 한꺼번에 붙잡히기도 했다. 저 애는 필시 그자를 잡아서 공을 세우려는 게지. 일본 경찰의 훌륭한 앞잡이인 아비에게 잘 보이고자. 내가 은애하던 여인의 후손이 그런 일을 하는 걸 두고 볼 순 없다. 아까도 메센자 아이를 붙여서 겨우 그자에게서 떼어냈지."

여자는 정자에 누워 있는 청년을 일으켜 업었다. 청년은 여전히 축 늘어져 있었으나 눈은 뜨고 있었다. 아직 눈에 초점이 없어 의식은 또렷하지 않아도 조금씩 기운을 차리는 것도 같았다.

"이 애는 이미 방탕할 대로 방탕하여 희망이 없다. 이렇게라도 해서 역사에 그릇된 이름을 남기지 않고 무고한 이들에게 죄짓지 않는 편이 낫다."

"어디로 가시오. 나를 두고…."

나도 데려가시오. 이선은 말을 삼켰다. 이대로 살아 꿈틀거리는 것들의 숨통을 끊으며 100년이고 200년이고 홀로 지내야 한단 말인가.

"나는 이 아이를 가회정 집 앞에 데려다 놓고 바로 금강산으로 간다. 이렇게 피를 흘리면 며칠 안 가 물색도 모르고 잠들게 된다. 누가 흔들어 깨워도 눈이나 겨우 뜰 뿐 반송장이나 다름없지. 지난번에는 10년 만에 깼는데 이번에는 또 모르지. 그 저번에는 이보다 적게 흘리고도 12년이 지났다. 해서 아예 금강산 깊은 곳에 굴을 파고 누워 있을 요량이다."

"왜 이렇게까지 하시오? 이 젊은이의 몸속에는 당신이 은애하던 여인의 피가 얼마 남아 있지도 않을진대. 이럴 바에야 아까 그 독립운동가라도 도와서 조선의 독립에 매진하는 것이 낫지 않소?"

여자가 청년을 다시 정자에 내려놓더니 배를 잡고 웃었다.

"하하. 제발 그런 순진한 말로 내 기운을 빼지 말거라.

에미나이에게 조국이 어디 있네?"

여자는 생각보다 웃음을 빨리 그치더니 이번에는 정색하고 이선에게 말했다.

"임진년 왜란 때 나는 열아홉이었다. 병약한 어미 대신 하나뿐인 남동생의 병간호를 한다고 그 나이에도 혼인 전이었지. 왜란을 어찌 넘기고 호란을 거치고 다시 왜놈들이 이 땅을 차지한 시절을 살고 있지만 조국은 한 번도 나를 따스하게 안아 준 적이 없었다. 왜놈에게 겁간당했다고 나더러 자결하라고나 했지."

여자의 낯은 이제 슬픈 빛을 띠었다.

"나도 너를 만나 내심 반가웠다. 오래 함께하지 못해 미안하구나. 내 너의 얼굴을 반드시 기억하고 너를 생각하고 10년이고 20년이고 세월이 흘러도 다시 경성으로 돌아오마. 너도 이 아이의 여식을 기억하고 가끔 들여다봐 줄 수 있겠느냐?"

이선은 기가 막히기도 했지만 여자의 얼굴에 서린 슬픔에 적잖게 공명하여 부탁을 거절할 수 없었다.

"그러리다. 내 안부는 어찌 확인하리다. 어디서 어떻게 사는지 정도만이라도."

여자는 청년을 둘러멨다.

몇 걸음 옮기다 말고 여자는 뒤돌았다.

"내가 사모하던 여인의 이름은 정의다. 그 현손인 아이의 이름은 영자고."

이선은 고개를 끄덕였다.

여자가 순식간에 사라지고 나서야 이선은 반드시 해야 할 질문을 하지 않은 것이 기억났다.

혹시 우리 같은 사람이 또 있소…?

그들이 사라진 방향으로 한달음에 뛰었지만 여자는 흔적도 없었다.

이선은 터덜터덜 공원 출구 쪽 다리를 지나 소격정으로 향했다. 방금 일어난 일이 꿈만 같았다. 허나 그 검푸른 피 색깔만은 선연했다. 달빛을 받아 그렇지, 낮에는 더 푸르게 빛나는 색. 피를 많이 흘리면 긴 잠이 온다고 했으니 혹시 이 몸의 피를 다 쏟아내면 죽을 수 있는가. 아니, 그렇게 하면야 보통 사람도 죽는다. 그래서 죽고 싶은가? 이선은 모르겠다고 생각했다. 그리고 이 모르겠다는 생각을 모르겠다고도 생각했다.

목적지에 다다르고 보니 불청객이 서 있었다.

"여인네가 한밤중에 어딜 이리 쏘다니는 게냐? 며칠째 가게 문도 닫아 두고. 고새 샛서방이라도 두었는가. 아니면 독립운동이라도 하는 게냐."

그는 조선말을 유창하게 하는 종로경찰서 소속 일본인

순사였다. 처음에는 가게에 손님으로 몇 번 들렀는데 이선이 혼자 사는 것을 알고 몇 달째 지분거리는 참이었다.

이선은 기운이 없었다. 지난 10여 년 동안 동네 고양이도 잡아먹었고 산에 가서 다람쥐며 들개도 먹었다. 목돈이 생기면 소를 사서 사대문 밖으로 끌고 나가 숨통을 끊기도 했다. 급기야 몇 년 전부터는 북악산 기슭에 얼씬거리는 고라니도 간간이 잡아먹었으나 갈망은 충족되지 않았다. 매번 턱없이 모자라는 느낌이었다. 호랑이를 잡아먹으면 가장 좋겠지만 일제가 들어선 뒤로는 조선에 호랑이 씨가 마르고 있었다. 더욱이 조금 전까지 자신과 닮은 여자를 만나 정신도 없고 기력이 더 빠져나간 터라 순사의 말에 대꾸할 여력도 없었다.

"아직 조선 이름을 그대로 두었더구나."

이선은 저도 모르게 순사를 빤히 올려다봤다. 순사는 일본인이 대개 그렇듯 키가 그리 크진 않았으나 조선 여자치고는 보통보다 약간 큰 편인 이선보다는 조금 더 큰 정도였다.

"이제야 내 얼굴을 바로 보는구나. 너 거짓말하고 있는 것이냐?"

이게 무슨 소린가. 거짓말이라고 하면 혹시.

"너 아무리 봐도 마흔 살이 넘어 보이지는 않아. 나이를 속인 게지. 정신대에 아니 끌려가려고."

이선은 안심하는 한편 새롭게 불안해졌다. 여자의 말이 맞는다면 이 모습 그대로 자신은 앞으로 수십 수백 년을 더 살아가야 할는지 몰랐다. 앞으로 어떤 오해와 핍박을 받고 살아갈지 절로 그려졌다.

"이름 고치는 일이야 어쩔 수 없지만 내 말만 잘 들으면 정신대에 끌려가는 일만은 면하게 해 주마. 운이 좋으면 공장에서 탄피나 만들겠지만 여차하면 전쟁터에서 군인들의 몸시중을 들어야 해. 굶주린 군인들의 욕정을 받아내느니 나와 단둘이 즐기는 것이 백번 낫지. 서로 잘 통하면 살림집도 내 따로 차려 주마."

이선은 순사가 무슨 말을 하는지 알아들었다. 남편이 없는 젊은 조선 여자들을 데려가 공부를 시켜 주거나 일을 하게 해 준다는 말을 들은 적이 있었다. 일제 당국의 지시를 받은 조선인 반장들이 나서서 주민들에게 딸을 보내기를 독려한다고도 했다. 거기서 하는 공부나 일이라는 게 무엇인지를 이제 분명히 알았다.

"남 보기가…. 어째 안으로 들어가시겠습니까?"

순사가 히죽히죽하며 허리춤을 추켰다.

따라 들어오면서 순사가 제 허리에 손을 대었으나 이선은 참았다. 가게 안에 딸린 작은 방. 세간이라곤 반닫이 하나와 이부자리 한 채, 베개 하나뿐.

"저런. 하긴 가게에 딸린 방이 별수 없지. 그래도 아늑하구나."

순사가 웃으며 이선의 손목을 잡으려고 했다. 이선은 손을 빼는 시늉을 하다 순사의 모자를 벗겼다. 순사가 웃으며 이선을 안으려 들었다. 이선은 순사의 목덜미를 움켜쥐고 성대부터 끊었다.

그다음은 정수리를 씹어 먹었다. 순사의 머리통이 맨 먼저 사라졌다.

⊛⊛⊛

옷가지며 신발이며 어찌할까 하다가 이선은 다 태우기로 했다. 살인의 증거들이 아궁이 불길에 남김없이 사라졌다.

일경 체면이 있으니 실종 신고는 아니 내지 않을까. 아니면 오히려 경찰에서 사건을 더 크게 만들어 독립운동가들이 고초를 겪는 것은 아닌가. 무고한 희생자를 내지나 않을까. 머릿속이 복잡하긴 해도 모처럼 기운이 나고 애타던 갈망이 끊어져서 인지 마음도 생각보다 힘들지 않았다.

증거를 인멸하고 나서 이선은 가게 밖으로 나와 보았다. 구름이 물기를 잔뜩 머금어 하늘은 질푸르렀다. 이미 보름을 훌쩍 지나 거의 그믐달이 된 새벽달도 구름에 싸여 유독 푸르스름해 보였다.

이제 영락없이 사내 잡아먹은 계집이 되었구나.

그래서 나는 괴물인가.

이선은 다시 생각했다. 그런데 일제는 산 사람을 두고 천황이라 부르며 반신으로 대우한다. 조선 땅 곳곳에도 신사라는 것을 지어 놓고 참배하기를 강요한다. 온 세상을 가짜 신의 나라로 만들려고 넓디넓은 중국 땅에도 폭탄을 퍼붓는다. 젊은 처자들을 감언이설로 꾀어 군인들의 노리개로 던져 준다. 이런 일도 버젓이 일어나는 세상에서 어쨌거나 사람인 자를 먹은 자신은 괴물인가.

달을 쳐다보며 이선은 일단은 계속 살아 보겠다고 다짐했다. 이 세상을 좀 더 알아볼 것이다. 남정네든 여인이든 누구든 연모하는 마음에 사로잡혀 단 1년이라도 세월을 무기력하게 날려 보내지 않을 테다. 날이 밝으면 경성을 잠시 떠나 있을 방도를 찾아볼 것이다.

무슨 영화를 보겠다고 일본 놈들 이름으로 바꾸기까지 하나 싶어 그간 개명에 응하지 않았다. 하지만 이제 나이 때문에 의심받지 않기 위해서라도 호적을 가짜로 만들고 내친김에 개명을 해야 할지도 몰랐다. 다만 이선의 혈관에는 푸른 피가 흐른다. 그것만은 바꿀 수 없는 사실이다. 이 세상에 그걸 아는 이가 몇 없더라도.

달을 눈동자에 가득 담은 채로 이선은 눈을 감았다. 그리고 한껏 심호흡했다.

푸른 달빛이 혈관을 휘돌아 나갔다.

작가의 한마디

'역사가 스포일러'라서 이 뒷이야기는 어느 정도 짐작이 가능하다. 이름이 많은 그는 은하 담배를 건넨 이의 집에서 이듬해 1월 체포된다. 해방은 오지만 곧이은 분단 정국으로 이희와 이선은 이산 흡혈귀가 된다. 물론 독자들은 다른 상상을 해 볼 수도 있다. 이 소설이 곧 실존 인물들의 전기는 전혀 아니고 이후 이희와 이선에게 무슨 일이 일어났는지는 아직 나도 정하지 않았으니 말이다. 다만 사회주의 계열 독립운동가들의 공이 오랜 기간 평가절하 되었고 지금도 그러함을 분명히 짚어 말하고 싶다. 이름이 많은 그와 그에게 은하 담배를 건넨 이의 모델로 각각 삼은 이관술과 김태준은
2024년 8월 기준 아직도 독립유공자로 추서되지 못했다.

지난겨울 이선의 추적을 따라가면서 두근거리고 놀라고 슬프고 통쾌했다. 외국인 관광객들이 이따금 혼란에 빠져서 정문이 어디냐며 물어보는 창덕궁 금호문 밖과 정독도서관 부근 소격동, 1940년에 준공된 삼청공원 등을 걸으면서 종종 그날의 경성을 걷는 듯한 환각에 빠졌다. 소설을 쓴다는 건 특정 공간을 다른 형태로 점유하는 일이기도 하다. 지금껏 해 본 어떤 일만큼이나 소설 쓰기는 어려웠지만 또 그 어떤 일보다 즐거운 일이었다. 독자는 즐거움만을 얻기를 바란다. 그리고 이 일대를 지날 때 아주 잠시라도 이선을 떠올린다면 작가로서 더없이 행복하겠다.

호열자 손님

배명은

0. 1932. 08. 경성역

자동차에서 내린 미쓰다는 양복을 매만지고는 바로 귀빈실로 이동했다. 손님이 탄 기차가 도착하기까지 시간이 꽤 남아 있었다. 뜨거운 햇살을 피해 건물 내부로 들어가니 조선인 대합실에 모인 사람들이 지껄이는 왁자한 소리가 귀를 울렸다. 눈살이 절로 찌푸려졌다.

미쓰다는 재빨리 귀빈실로 갔다. 눈치 빠른 종업원이 황급히 문을 열어 주며 허리 숙여 인사를 한다. 등 뒤로 문이 닫히자 조선인 대합실과는 비교도 되지 않을 만큼 차분하고 안정적인 분위기가 마음에 들었다. 안으로 들어선 미쓰다의 눈이 빠르게 내부를 훑었다. 그리고 한곳에 모인 동료들을 향해 손을 들었다. 그들은 반가이 그를 맞았다.

"날이 무척 덥군. 여름은 여름이야."

테이블 빈 의자에 앉은 미쓰다가 날씨 이야기를 꺼냈다. 밖의 열기와 대비되는 건물 내의 온도가 만족스러웠다. 뒷주머니에서 손수건을 꺼내 이마에 맺힌 땀을 닦아 냈다.

"무슨 얘기 중이었나?"

"만주에서 유행하는 코로리(콜레라)에 대해 말하는 중이었네."

"아! 그 역병 말이지. 다행히 우리 대일본제국의 군경들이 국경의 최전선에서 방역하고 있으니 우리 같은 군민들이 마음 편히 지낼 수 있는 게 아니던가."

젖은 손수건을 접으며 말하던 그는 나머지 세 명의 표정이 굳는 걸 보고 의자 등받이에 몸을 기댔다.

"무슨 일이 있다던가?"

"소식통에 따르면 방역이 뚫렸다네. 총독부 경무국 위생과에서 나온 말이야. 신의주에 환자가 발생하여 일진 평북, 이진 평남으로 다시 방역 구축을 했다더군."

미쓰다는 직원이 테이블 위에 내려놓은 물컵을 들어 목을 축였다. 미적지근했으나, 이 또한 만족스러웠다. 큰 숨을 내쉬며 들고 있는 손수건으로 콧수염에 묻은 물기를 닦았다. 손수건을 주머니에 넣으려던 미쓰다는 여전히 표정이 어두운 동료들을 보며 웃음을 터트렸다. 그가 테이블 위를 두드렸다.

"이봐, 대체 뭐가 걱정인가? 미리 예방주사도 맞지 않왔나? 게다가 코로리는 위생에만 신경 쓰면 된단 말일세. 깨끗하게 몸을 관리하고 깨끗한 집에서 깨끗한 음식을 먹으면 된다고. 그딴 걱정은 위생 상태가 엉망인 조선인들이나 해야지. 우리가 걱정해야 할 건, 곧 도착할 손님에게 잘 보여야 한다는 걸세. 만주국이 건국된 지 얼마 되지 않은 이때 만철(남만주철도주식회사)에 줄을 대는 데 도움을 주실 분이란걸 잊지 말아."

몇 번이고 다짐하던 말이었다. 미쓰다의 말에 동료들은 고개를 끄덕였다.

기차의 경적이 들렸다. 사람들은 아직 기차가 경성역에 도착하지 않았는데도 부산스럽게 내릴 준비를 했다. 누군가가 닫힌 객차 문을 두드렸다.

"손님, 잠시 후 경성역에 도착합니다."

"네, 알겠습니다."

금발에 푸른 눈을 가진 남자가 옷 가방을 앞에 둔 채 여상히 대답했다. 마음에 드는 옷이 없어 한참을 들여다봤다. 그러다가 야자수가 그려진 푸른 반소매 셔츠를 반바지 위에 입었다. 하얀 장갑까지 낀 남자는 옷 가방 옆 정장 상의를 뒤적였다. 검은 악어가죽 장지갑을 꺼내어 돈을 헤아리고 그 안에 든 접힌 종이를 대충 훑어봤다.

만철 조사부, 윈스턴 노픽

기차가 속도를 줄이고 있었다. 남자는 뒷주머니에 지갑을 넣고 창 너머를 봤다. 기차는 증기를 내뿜으며 플랫폼 안으로 미끄러지듯이 들어갔다. 경성은 신의주나 평안도와는 같으면서도 다른 느낌이 드는 곳 같았다. 그 색다름에 기분이 좋아진 남자는 콧노래를 흥얼거리며 바닥에 누워 있는 시체를 넘어 객차 문을 열었다. 열린 문으로 파리가 날아 들어와 오물로 범벅인 시체에 내려앉았다. 객차 문이 닫혔다.

힘차게 구르던 쇠바퀴가 천천히 멈추고 희뿌연 연기 사이로 하나둘씩 사람들이 내리기 시작했다. 열린 창 너머로 내리려는 사람들이 보였다.

미쓰다는 동료들과 나란히 서서 사람들의 얼굴을 하나하나 뜯어봤다. 마침내 키가 큰 금발의 남자가 기차에서 내리자 모두의 얼굴이 화사하게 폈다.

"윈스턴 노픽 상!"

반바지와 나무 문양이 들어간 푸른 반소매 셔츠 차림의 남자는 처진 눈을 끔뻑이며 주변을 보다 손을 번쩍 든 미쓰다를 향해 미소를 지었다. 미쓰다는 남자의 앞으로 달려가 손을 내밀었다. 노퍽이 장갑 낀 손으로 그 손을 맞잡았다.

"노퍽 상! 경성에 오신 걸 환영합니다. 저는 연락드렸던 미쓰다 세이고입니다."

"반갑습니다."

"코로리가 기승인데 무탈하셨습니까?"

"일본이 위생방역에 힘쓰고 있으니 별탈이 있을 리 있겠습니까?"

영국인이면서도 노퍽의 일어 실력은 수준급이었다. 역시 만철 조사부에는 출중한 인재들만 있다는 소문이 사실인가 보다. 미쓰다는 왠지 기분 좋은 예감에 한껏 고양되어 노퍽에게 허리를 숙였다.

"만주에서 여기까지 오시느라 고생이 많으셨습니다. 여기서부터는 저희가 모시겠습니다! 그런데 짐은?"

미쓰다가 빈손인 노퍽의 주위를 살폈다. 노퍽은 아, 하며 눈썹을 긁었다.

"이동하는 중에 짐을 잃어버렸습니다. 뭐 머무를 시간도 많겠다, 다시 사면 되지 않겠습니까?"

"어쩌다 그런 일이. 그렇습니다. 없으면 다시 사면 되지요. 본정통에 좋은 백화점들이 있습니다. 쉬엄쉬엄 둘러

보시고. 일단 식사하러 가시지요."

미쓰다는 손수 길 안내를 하며 앞장섰다. 노퍽은 그를 따라 걸음을 옮겼다. 그들의 행차에 많은 사람이 길을 비켜섰다. 노퍽은 자신보다 작은 체구의 동양인들을 봤다. 한복과 기모노, 양장을 입은 다양한 사람들도 노퍽을 힐끗거렸다. 왁자한 사람들 틈에서 굿노래 소리가 들렸다.

1. 꽃보살, 월매

북촌 종로통의 한적한 거리에서 방울 소리가 요란하게 울렸다. 화려한 무복을 입은 월매가 뜨거운 햇살 아래에서 방울을 흔들었다. 작은 상에 정성껏 차려진 치성 음식이 놓이고, 그 앞에서 무릎 꿇은 아낙이 신께 연신 빌었다.

"아픈 남편의 병이 낫게 해 주시옵고…."

그 옆 흙바닥엔 아낙의 남편이 누워 있었다. 얼굴에 검은빛을 띤 남자는 고통이 이는지 퉁퉁 부은 몸을 버르적거렸다. 아무리 한적하고 간소한 굿판이라 해도 구경꾼들이 몰려들었다.

방울을 흔들던 월매는 눈을 부릅뜬 채 누운 남편의 몸을 따라 바닥에 선을 그리기 시작했다. 하나의 선이 마침

내 이어졌을 때 월매가 손짓했다. 그러자 상 옆에서 기다리고 있던 여자아이가 누운 남자 옆으로 쪼르르 가서 그를 일으켰다. 작은 아이의 힘으로는 부족해 보였는지 그 모습을 지켜보던 더벅머리의 남자가 손을 보탰다. 그들은 바로 앞에 있는 집 안으로 남편을 데리고 들어갔다.

경을 외던 월매가 방울을 허리춤에 끼우고 바닥에 두었던 낫을 집어 들었다. 사방에서 울던 매미가 울음을 멈추었다.

“아이고, 약사여래님, 그 존함으로 간장에 들러붙은 저 병귀를 떨쳐내 주십시오! 이 몹쓸 병귀야, 떨어져라!”

월매는 그렇게 소리치며 흙바닥에 그린 남편의 본을 딴 그림으로 달려갔다. 낫을 번쩍 치켜들자 곳곳에서 구경꾼들의 짧은 비명이 터져 나왔다. 허공을 가르는 쇳소리와 함께 날카로운 끝이 몸통에 찍혔다. 콱콱콱. 잠시 뒤 월매가 몇 번이나 내리찍던 낫을 놓자 땀방울이 툭툭 그 위에 떨어졌다.

자리에서 일어난 월매가 주위를 둘러봤다. 매서운 월매의 눈빛이 마치 자신의 속내까지 샅샅이 파헤치는 것 같아 사람들은 저마다 두려움에 침을 꿀꺽 삼켰다.

월매는 듬성듬성 선 사람들의 머리통 옆에 시선을 두어 눈을 가느스름하게 떴다. 저 멀리 순사가 이쪽으로 오는 모습이 보였다. 붉게 칠한 입술이 삐뚜름해졌다.

“자, 이제 내가 할 일은 여기까지오.”

집 안에서 여자아이가 나오자 월매는 손짓을 했다. 뭔가를 알아차린 아이가 보자기를 펴 상 위에 올린 돈과 음식을 대충 집어넣었다.

“예? 그럼 저희 남편은요?”

“일단 병귀를 쫓아는 냈으나 워낙 독한 놈이라 그 독이 몸에 남아 있을 것이오.”

월매는 고개를 돌려 순사가 얼마만큼 왔는지 살폈다. 사람들이 몰려 있어 아직 무슨 일이 벌어지는지 확신하지 못하는 듯했다. 벌인 일이 많아 자칫 잘못했다간 잡힐 공산이 컸다. 월매는 다시 여자아이를 봤다. 다 챙겼는지 눈이 마주치자마자 고개를 끄떡여 보인다. 그리고 바로 커다란 보따리를 안고 구경꾼들 사이로 사라졌다.

월매는 아낙의 어깨를 붙들고 귀엣말을 했다.

“그 독기가 모두 지난날 도박에 계집질한 탓이니 하늘이 노해 벌을 내린 거요. 그러니 하늘이 곧 남편을 데려간다 해도 한스러워 말고 이녘 살길이나 잘 살면 되오. 내 눈에 곧은 심지로 앞날을 잘 헤쳐 나가는 모습이 보이니 파이팅이오.”

순사가 사람들 사이를 비집고 들어오는 모습에 월매

는 몸을 돌려 뛰기 시작했다. 어안이 벙벙해진 구경꾼들이 순사의 모습에 하나둘씩 자리를 피했다. 도망치는 월매의 뒷모습을 쫓으며 순사가 호루라기를 불었다. 거리 중간에서 월매는 치맛자락을 바투 잡고 골목으로 들어갔다. 다년간의 수련으로 발 하나는 기막히게 빨랐다. 순사의 호루라기 소리가 점점 멀어졌다. 골목길을 휘돌던 월매는 담 하나를 가볍게 넘어 벽에 바짝 붙어섰다.

귀를 기울여 발소리가 들리길 기다리는데 월매의 등 뒤에서 목소리가 들렸다.

"뭘 기다려?"

"아잇! 깜짝이야!"

돌아서니 먼저 보낸 연지가 뒤에 있었다.

"이 쪼끄만 게, 내 발소리 내라 했지?"

"쉿!"

연지가 손가락을 입술에 대고 큰 두 눈으로 담 너머를 올려다봤다.

"왜?"

그 모습에 월매가 잔뜩 몸을 움츠리며 눈동자를 굴렸다. 순사가 쫓아왔나? 들켰나?

그런 월매를 보던 연지가 키득거렸다.

"지나간 지가 언젠데. 빨리 가자. 배고파."

"요년이 언니를 놀려?"

연지가 혀를 내밀고 집으로 들어갔다.

일자형 초가집에 손바닥만 한 마당이 있는 이 집이 현재 자매들이 세를 얻은 보금자리였다. 충청도 예산에서 살던 자매는 일제의 토지개혁으로 본래 가지고 있던 땅을 빼앗기고 부모님도 역병으로 잃어 살고자 경성으로 왔다. 월매는 귀를 보는 능력으로 가짜 무당처럼 행세했다. 고서를 파는 책방의 구석에 꽂힌 병귀 치료 비법서 하나를 사, 그 사술로 몇 년째 근근이 살아가고 있었다.

처음엔 손님이 없어 종로통 길바닥에서 좌판을 깔고 하염없이 그 앞을 지나치는 사람을 쳐다봤다. 뭘 어떻게 해야 할지 몰라 멀뚱히 앉아만 있다가 한 푼도 벌지 못하고 행랑살이하던 집으로 가면 빛도 들지 않은 곳에 홀로 있던 어린 연지가 월매를 맞이했다. 그날 밤 작은 방 안을 메우던 배 곯는 소리가 얼마나 속상하던지. 월매는 숨죽여 울며 어떻게든 돈을 벌기로 다짐했다.

진실에 거짓을 섞어 사람들을 속이는 일은 생각보다 쉬웠다.

아픈 사람들에게 들러붙은 병귀의 검은 기운을 가리켰다. 그러면 열이면 열, 사람들은 빨리 나으려고 좌판 앞에 앉았다. 사람들은 병원의 치료 약보다 미신을 맹신했다. 그에 발맞췄다. 가난한 사람에겐 가난하게, 돈 있는 사람에겐 적절하게 있는 만큼, 딱! 나오면 용한 거고, 안 나오면 사기꾼인 거고. 그래서 월매는 종종 군민을 등쳐먹었다는 죄목으로 순사들의 사냥감이 되었다.

"언니이."

평복으로 갈아입은 월매는 부엌에서 밥을 짓고 있었다. 급하게 보따리에 한데 담아온 제사 음식이지만, 훌륭한 반찬이었다. 연지가 부엌으로 고개를 내밀었다.

"다 됐어. 이제 밥만 담으면…."

"밖에 손님."

"응?"

붉은 노을이 지는 하늘을 봤다. 이 늦은 시간에 자신을 찾는 손님이라니. 대개 종로통과 남대문에서 좌판을 깔고 병점을 봤기에 점 보러 온 사람은 아니었다. 월매는 잔뜩 경계하며 대문 앞으로 갔다. 찌르르하고 밤벌레가 벌써 울고 있었다.

월매는 매서운 화장을 지워 스물하나의 유순한 얼굴로 나무 문을 열었다. 문 앞에 뒷짐을 진 채로 언덕 아래를 보고 있는 사람이 있었다. 노을에 붉게 물든 형상을 보며 물었다.

"누구십니까?"

한여름에도 덥지 않은지 친친 목을 두른 쪽빛 비단 목도리가 먼저 눈에 들어왔다. 커다란 검은 셔츠와 바지에 군화, 손엔 계절에 맞지 않은 가죽 장갑까지. 딱 보기에도 범상치 않은 사람이 돌아섰다. 노을빛을 가린 몸이 전체적으로 어두웠다. 그러다 맥고 모자 밑으로 드러난 눈을 본 순간 월매는 한 걸음 뒤로 물러났다.

'사람이 아니다!'

뒷걸음친 만큼 그것이 다가왔다. 월매는 붉은빛에 드러난 얼굴을 보고 인상을 찌푸렸다. 멀끔한 얼굴에 가는 붓으로 그린 이목구비. 오른쪽만 말려 올라간 입술, 가만히 있어도 사연 참 많아 보이는 깊고도 쓸쓸한 눈. 6년 전 유행했던 호열자에 돌아가신 부모님을 가만히 지켜보던 역신이었다.

명월관. 화려한 한복을 입은 어린 기생들이 가야금 연주에 맞춰 춤을 췄다. 미쓰다는 거하게 차려진 상차림 너머로 노펵에게 술을 권했다.

"이곳 명월관이 조선 요리로는 제일 일품입니다. 입맛

에 맞으신지요?"

"신선하며 다양한 맛이 느껴지네요. 음식마다 정말 맛있습니다."

술을 마시며 노퍽은 대답했다.

"다행입니다. 만주에서도 좋은 음식만 드셨을 것 같아 이리 신경 좀 썼습니다. 좋은 것만 해 드리고픈 제 마음 아시죠? 노퍽 상의 회사에도 저희가 좋은 것만 도움 드리고 싶습니다만."

다시 빈 잔에 술을 따르며 미쓰다가 슬쩍 본론으로 들어갔다. 남만주는 일본의 경제적 식민지였다. 만철은 그곳에서 철도업을 주로 하며 주요 역을 거점으로 다양한 사업을 벌였다. 만철 조사부에서 일하는 윈스턴 노퍽은 경영 정보를 다루는 주요 인사였다. 미쓰다가 그 동료들과 노퍽을 만난 것도 그래서다. 노퍽이 그 거점에 자신들의 회사가 먼저 들어서게 도와만 준다면 사업 확장은 물론, 일확천금을 벌 것이었다. 노퍽에겐 어려운 일도 아니었다. 그저 회사에 말만 잘해주면 되었으니까.

미쓰다의 말에 술을 마시던 노퍽의 눈이 가늘어졌다. 이때까지 지켜만 보던 동료 중 하나가 큰 가방을 그 앞으로 밀었다. 장갑 낀 손이 상 위를 톡톡 두드렸다. 그러다 노퍽이 술잔을 내려놨다.

"잠시 화장실 좀…."

"예예!"

뒷문으로 나온 노픽은 여전히 가야금 소리와 취한 사람들의 웃음소리가 들리는 건물을 힐끗 보고는 어둠이 내려앉은 밤하늘을 바라봤다. 바지 주머니에서 담배를 꺼내 물고 라이터를 켰다. 긴 숨을 내쉬며 콧노래를 흥얼거렸다. 하얀 연기가 허공으로 흩어졌다. 그때 종업원인 보이가 나왔다가 노픽을 보고 인사했다. 그리고 가던 길을 가는 걸 노픽이 불렀다.

"예, 손님. 부르셨습니까?"

"젊어 보이는데 몇 살인가?"

노픽이 조선말로 물었다.

"스물입니다."

보이는 선선히 대답했다. 담배를 바닥에 떨어뜨려 발로 비벼끈 노픽은 끼고 있던 장갑 하나를 벗었다. 그가 손을 내밀었다.

"반갑네. 조선 청년."

갑자기 악수를 청하자 보이는 당황하다가 손을 바지춤에 쓱쓱 닦아내고는 그 손을 맞잡았다. 다시금 허리를 숙였다.

"어, 감사합니다!"

드르륵. 탁.

노펵은 갑자기 들린 창문 닫는 소리에 고개를 들었다. 어디서 들린 소리인지 빛을 삼킨 눈동자가 불 켜진 창문들을 재빠르게 살폈다. "꺄아." 기생들의 웃음소리가 파도처럼 일었다.

"저어."

노펵의 날 선 눈이 보이의 시선을 쫓았다. 여전히 노펵이 붙잡고 있는 손이 불편한 듯했다. 노펵은 그 손을 놓았다. 그의 눈이 다시 유하게 휘었다.

"그럼 다음에 또 보세."

"네? 아, 네! 즐겁게 놀다 가십쇼!"

다음에 이곳을 또 찾는다는 말로 들은 보이는 다시 인사하며 급히 그 자리를 벗어났다. 홀로 남은 노펵은 다시 건물 창을 훑은 다음 안으로 들어갔다.

"뉴월이?"

월매의 단말마에 역신의 미간에 내 천자가 새겨졌다.

"내가 그렇게 부르지 말라고…."

"당신이 여기에 무슨 일이에요? 어떻게 알고? 혹시 여기에 역병을 일으키려고?"

집 안에 있는 연지가 떠올라 월매는 두 팔을 펼쳐 대문 앞을 막아섰다. 눈앞에 있는 역신 뉴월은 과거 맹위를 떨쳤던 두창을 옮기는 신이었다. 뉴월이 어깨를 으쓱였다.

"잊었나? 내 힘은 아주 옛날에 사라진 거?"

안다. 6년 전에도 역신인 그를 보았을 때 그 말을 했었다.

"오뉴월 개도 안 걸리는 감기만 한 힘만 남았다 해서 내가 오뉴월이라고 지어 줬잖아요."

"그래서 내가…."

"대체 여긴 웬일이에요?"

뉴월이의 말을 자르고 월매가 물었다.

"6년이 지났건만, 어째 한 치도 변함없이 당돌하나?"

'당신이 저희 부모님을 돌아가시게 했나요?'

처음 본 역신에게 한 질문이 떠올랐다. 월매도 부모님과 같이 가고 싶다고 말했으나 역신은 잠든 연지를 보았다. 그 뜻이 무엇인지 깨닫고 월매는 부끄러움에 울었다. 사실은 죽고 싶지 않았다. 역신은 월매의 부끄러움을 감춰 주는 듯이 자신을 소개했었다. 힘을 잃은 역귀라고.

"사람이 갑자기 변하면 죽어요. 제 질문에 아직 답 안 주셨어요."

그 옛날이 떠오르자 월매는 얼굴을 붉혔다. 뉴월이가 무섭지는 않았다. 힘을 잃어서가 아니라, 제 부끄러움 하나를 무마시켜 주었기에.

"어제 명월관에 갔었다."

그렇다고 반가운 것도 아니고.

뜬금없이 명월관에 간 것을 왜 얘기하는지 그 의중을 도통 몰라 멀뚱히 쳐다봤다. 뉴월은 계속 말했다.

2. 역신, 오뉴월

조선팔도를 돌아다니던 뉴월은 경성에 당도했다. 그는 팔짱을 끼고 온몸을 잔뜩 움츠린 채로 거리를 걷는 행인들을 피했다. 사람들이 이상한 눈초리로 그를 돌아봤다. 뉴월은 본정 2정목에 있는 본정 바에 들어섰다. 그곳에서 옛 친우인, 마찬가지로 두창 역신인 손을 만났다.

그는 2층 스페셜룸에서 푸른 기운을 갈무리하지도 않고 여급과 실없는 농지거리를 하고 있었다. 여급은 으슬으슬 몸을 떨며 손을 상대하다가 뉴월의 등장에 반색했다.

"이봐, 저 친구가 누군지 아나? 옛 『삼국유사』 기이편에 보면 처용랑 망해사란 글이 있다네. 거기에 뭐라고 쓰여 있냐면, 처용의 처는 매우 아름다웠는데, 역신이 그녀를 흠모하여 딴사람이 없는 밤을 틈타 그 집에 와서 그녀의 잠자리에 몰래 머물렀다는 얘기가 있는데 그게 저 친구라네. 하하하하."

그 되지도 않는 말에 여급이 어색하게 그 웃음을 따라 했다. 손이 주머니에서 회중시계를 꺼내어 시간을 확인하며 물었다.

"그래, 여전히 길을 잃었나?"

"자네는 여전히 사람 위에 군림하고 있고."

"그들의 두려움은 나의 힘이지. 자, 나가세. 며칠은 굶은 모양 같군."

손이 양복 상의를 걸쳤다. 가만히 선 뉴월이를 흘끗 본 손이 자신의 맥고 모자를 덥수룩한 뉴월의 머리에 얹고는 꾹 눌렀다.

"사내 행실 한다고 그 예쁜 얼굴이 가려지나? 본정 1정목에 여자들이 좋아하는 유명한 화장품 점포가 있는데 거기에 들렀다 가는 것도 나쁘지 않겠군."

"고약한 소리 그만 지껄이고 가던 길이나 계속 가시게."

뉴월이 질색하자 손이 킬킬 웃었다.

그들은 명월관으로 가서 회포를 풀었다. 술이 몇 순배

돌자 취기가 올랐다. 손의 눈길이 천으로 꽁꽁 숨긴 뉴월이의 몸을 훑었다.

"그 저주는 점점 과해지는군. 처용의 처를 탐한 그 대가가 꽤 큰 듯허이."

어리석은 짓을 했어, 하고 말한 손이 술을 들이켰다. 술잔을 마주 들던 뉴월이 멈칫거렸다. 자신이 뿌린 병에 걸린 여자의 얼굴이 떠올랐다. 원망의 말도 없이 해맑게 웃는 모습에 죄책감을 느꼈다. 살리고 싶었다. 그렇게 병을 거두어 제 몸에 가두는 그 순간에 바랐던 건 여자의 행복뿐이었다. 되돌아온 강력한 병증은 게걸스럽게 몸을 좀먹기 시작했다. 후회 따윈 없었다.

씁쓸하게 웃던 뉴월은 열린 창 너머 밤벌레가 울지 않는 어두운 밖을 쳐다봤다. 너울거리는 어둠이 괴이해 자리에서 일어나 창가로 갔다. 밖을 보니 뒤뜰에 인간이 아닌 것이 서성였다. 더욱 짙은 어둠은 그것에게서 풍기는 것이었다.

"저건가 보군."

손이 그 뒤로 다가와 담배를 문 채로 중얼거렸다. 영문을 몰라 하자 그가 이어 말했다.

"오늘 신의주에서 경성역으로 들어온 기차에 호열자로 사망한 서양인이 있다더군. 저 위에 호열자가 대유행이라지? 경성도 이제 시체가 즐비할 거야."

"그게 무슨…."

놈이 지나가는 종업원을 불러 세우고 그 손을 잡았다. 어두운 기운이 스멀스멀 그 종업원에게로 옮겨갔다.

"안 돼!"

놀란 뉴월이 창밖으로 몸을 내밀었다. 당황한 손이 황급히 옷깃을 잡아당기며 창문을 닫았다. 균형을 잃은 뉴월이의 몸이 앞으로 쓸려 넘어지자 그 몸을 감싸던 손도 함께 나자빠졌다. 밭은 숨을 내쉬던 손이 고개만 들어 뉴월이를 바라봤다.

"이 친구야. 역병 또한 자연의 이치야. 쥐뿔도 없는 자네가 무슨 수로 그걸 거스른단 말인가?"

꾸중하자 그 위에 누웠던 뉴월이가 인상을 썼다.

"자연의 이치? 누구를 위한 자연의 이치? 지금 네가 하는 말이 무슨 말인지 알고 얘기하는 거야? 이미 이 나라 민중들은 고통 속에 있는데 저 서양 역귀 놈까지 와서 제 멋대로 역병을 퍼뜨리게 내버려 두라고? 얼마나 죽어 나가든 모른 척하라는 거야?"

"언제부터 이것저것 따지셨어? 이 나라에서 잘나 빠진 역신이 바로 너였잖아. 그 옛날엔 사람들에게 역병을 어떻게 퍼뜨렸대? 게다가, 그땐 사람들 사정이 뭐 좀 나았나? 서로 땅 차지하겠다고 툭하면 싸우고 그랬는데."

"…."

그 질문에 뉴월이는 아무런 말도 할 수가 없었다. 물론 그때는 지금의 손과 같은 마음이었다. 자연의 이치, 어쩔 수 없는 일. 그러나 지금은 달랐다.

그 일 이후로 스러져 가는 인간들에게서 그 여자의 얼굴이 보였다. 이제는 그들을 구원할 수가 없어 괴로웠다. 차라리 이렇게 썩어가는 몸뚱이가 되어서 다행이라고 생각할 만큼.

"정 그렇게 마음이 쓰이면 저 서양 역귀 놈이 지나간 자리에서 동정하도록 해. 저건 나도 어쩔 수 없는 강력한 놈이니까. 그것참, 그놈의 저주가 자네를 이상하게 만들었어."

일어난 손이 흐트러진 옷을 단정히 했다. 뉴월이도 일어났다. 그는 두 주먹을 꽉 쥐었다.

"어째 쥐뿔도 없는 나보다 가진 것 있는 그대가 더 저 놈을 무서워하는 것 같군. 가만히 앉아 동정한다 해서 달라지는 건 없어. 하나라도 구할 수 있다면 가만히 있는 것보단 낫지 않은가. 그래, 사람을 죽였던 그때도 나였고, 살리고자 하는 지금도 나네. 단지 바뀐 거라고는 부끄러움을 깨달았을 뿐. 이게 자연의 이치를 거스른다고? 그러든가 말든가."

뭐 죽기밖에 더하나? 코웃음을 치며 뉴월이는 밖으로 나갔다.

잔뜩 취해 비틀거리는 사람들이 준비된 차에 올랐다. 시끄럽게 소리치며, 낄낄거리며, 휘청이며 지나치는 이들을 등지고 선 뉴월이의 시선이 한쪽 벽에 붙은 전단지에 머물렀다. 일자리 소개랍시고 공장에서 여자들을 모집한다는 내용에 그 전단지를 떼어내 찢어 버렸다.

명월관에서 아까의 종업원이 나왔다. 젊은 청년은 비틀거리며 걸음을 옮겼다. 일하면서 술을 마신 것도 아닐 텐데 그는 몇 발자국 걸어가 구역질을 했다. 검은 기운이 종업원의 몸을 잠식했다. 몸을 사시나무 떨듯 떨며 고통스러워할 때마다 그 색은 더욱 짙어졌다.

얼마 못 가 뒷골목에서 구토하던 종업원이 쓰러졌다. 버르적거리던 몸의 움직임이 멈췄다. 그 뒤를 쫓던 뉴월이가 그 옆으로 달려갔다. 귀를 가까이 대 봤지만, 숨소리가 들리지 않았다. 단 몇 시간 만에 숨이 끊어진다고?

"첫 숙주는 강력한 게 좋거든."

갑자기 들려온 목소리에 뉴월이는 몸을 돌렸다. 담벼락에 드리운 어둠 속에서 호열자 역신이 걸어 나왔다. 그의 두 눈은 즐거움으로 휘어져 뉴월이의 위아래를 쳐다봤다. 그리고 고개를 모로 기울였다.

"넌, 뭐지? 사람도 아닌 것이 마치 허깨비 마냥."

그렇게 말한 그에게서 흉흉한 기운이 풍겼다. 쥐뿔도 없다며 빈정거리던 손의 말이 떠올랐다. 기세 좋게 서양 역귀 놈을 막아 보겠다고 나섰으나.

'이거 한 명도 구하지 못하고 죽어 버리게 생겼군.'

"너야말로 남의 나라까지 와서 뭐 하는 짓이야?"

"역병에 네 땅 내 땅이 어디 있으며, 그 남의 나라에 어디 나뿐이던가."

호열자 역신이 다가올수록 뉴월이의 몸에 검은 그림자가 졌다. 그가 뉴월이에게 맨손을 뻗었다. 뉴월이는 뒤춤에서 단도를 꺼내어 그 손을 베었다. 귀를 베는 칼이었다. 반격을 예상하지 못했다는 듯 호열자 역신이 이맛살을 찌푸렸다. 갑자기 검은 기운이 덮쳐들었다. 뉴월이 뒷걸음질 치며 그 기운을 칼로 쳐냈다. 싹뚝 베어낸 검은 자락이 파리가 되어 날아올랐다. 그 파리를 피하자마자 다시 호열자 역신이 공격해 왔다.

그때 누군가가 달려와 호열자 역신을 쳐냈다. 친우, 손이었다. 검은 호열자 역신의 기운과 푸른 두창 역신의 기운이 허공에서 터졌다. 호열자 역신이 뒤로 물러나는 순간 손은 뉴월이를 데리고 그 자리에서 도망치기 시작했다. 뉴월이는 뒤를 돌아봤다. 어둠 속에서 이쪽을 가만히 보는 호열자 역신의 뒤로 붉은 눈을 빛내는 쥐 떼가 보였다. 쥐 떼는 곧 시체를 먹어 치울 것이다.

3. 호열자

종로통의 자리에 좌판을 깐 월매는 전날 뉴월이에게 들은 말을 곱씹었다. 콜레라라니. 그것도 강력한. 믿을 수가 없으면서도 돌아가신 부모님을 떠올리니 믿지 않을 수가 없었다. 멍하니 앉아 붓으로 종이에 고양이 그림을 그렸다. 그런데 왜 자신을 찾아와서 그 말을 했는지 도무지 모를 일이었다.

그 말을 엿들은 연지가 월매처럼 부모님이 생각났는지 겁에 잔뜩 질린 채 울음을 터뜨렸다. 그런 연지를 달래느라 뉴월이를 잊었다. 울다 지친 연지가 잠들었을 때 다시 나가 보니 뉴월이는 없었다. 대신 쪽지가 마루에 놓여 있었다.

"부스럼도 치료해 주시는가요?"

젊은 청년이 턱에 난 부스럼을 가리켰다. 월매가 손을 까딱거리자 그가 그 앞에 앉았다. 월매는 먹에 붓을 적셔 부스럼 위에 개 구狗자를 쓴 뒤 그 주위에 범 호虎 아홉 자를 돌려서 썼다. 그걸 보니 호열자 역신에게 몰린 이 나라 꼴 같았다.

"이보게들 큰일 났네! 간밤 경성에 호열자로 사망한 이들이 나왔다네!"

누군가의 말에 소란이 일었다. 이미 이전에 평안도에서 호열자로 사망한 이들이 수두룩하단 사실을 알고 있던 차였다. 그런 역병이 경성까지 도달했으니 사람들은 두려움에 떨며 그 자리에서 벗어나기 시작했다.

그걸 본 청년이 월매에게 다급하게 물었다.

"혹시 호열자도 치료가 가능합니까?"

"예방주사는 안 맞았소?"

"할머니께서 그걸 맞으면 역신이 노하신다고 하여 가족 전체가 다 맞지 않았습니다."

월매는 중국에서 호열자로 사람이 죽어난다는 얘기를 들었을 때부터 연지를 데리고 병원으로 가서 예방주사를 맞았다. 부모님이 그 때문에 돌아가시지 않았다면 자신도 이 청년처럼 의료시설을 불신하고 신에게 매달렸을지 모른다. 그렇다고 신이 병을 치유하냐고 누군가가 물으면 확답하긴 어려웠다. 진실과 거짓을 섞어 놓으니 어떤 것이 진짜고 거짓인지 간파하지 못해 애매하게 굴었다.

월매는 아까 전부터 그려둔 고양이 그림을 청년에게 건넸다.

"호열자는 쥐통이라고도 불리니 이게 쥐 귀신을 쫓아낼 거요. 이걸 대문에 붙이시오. 그리고 파리가 집에 얼씬도 못하게 손이 아닌 파리채로 잡고. 물은 끓여서 꼭 드시오. 역병은 깨끗하면 아니 걸리는 것이오."

월매는 병원에서 들었던 호열자 예방법을 읊었다. 전염병을 옮기는 쥐와 파리는 얼씬도 못하게 해야 했다. 설명하는데 겁에 질린 사람들이 주위로 몰려들었다.

"나도 그 고양이 부적 주시오."

"나도!"

사람들이 너도나도 외쳤다.

위생 경찰들이 거리를 소독했다. 의사호열자(거짓콜레라)가 경성 이곳저곳에서 생겨났다. 월매는 뉴월이를 찾아갔다. 거리를 지나다니면 온 동네에서 푸닥거리하는

소리가 났다. 그걸로 호열자가 과연 사라질까? 그럼에도 점점 조급해지는 마음에 월매는 뛰기 시작했다.

가회동의 커다란 한옥 집 대문을 두드렸다. 한참 두드리자 문이 열리고 한 여자가 나왔다. 후덕한 얼굴이 어디서 많이 본 것 같은데 기억이 나지 않았다. 범상치 않은 기운에 월매는 일단 꾸벅 인사했다.

"따라오시지요."

무어라 말하기도 전에 여자는 집 안으로 들어갔다. 그 뒤를 따라 커다란 마당을 지나 사랑채로 갔다. 월매는 지독한 냄새에 코를 막았다. 그 자리에 선 채 짙푸른 기운이 풍기는 사랑채를 바라봤다. 여자가 그 앞에서 고했다.

"도착하셨습니다."

"들어오게."

월매는 들어가기 싫었으나 어쩔 수 없이 방 안으로 들어갔다. 하얀 연기가 피어오르는 그곳에 뉴월이가 있었다. 그 맞은편에 어깨와 옆구리에 붕대를 감은 남자도 함께 있었는데 감히 범접할 수 없는 기운을 내뿜고 있었다.

"아편 냄새가 지독할 텐데 문을 열어 주게."

키득거리는 남자의 목소리에 여자가 모든 문을 열었다. 연기가 흩어지고 여름의 열기가 방 안으로 차올랐다. 붕대로도 채 가리지 못한 검은 병마가 상체에서 꿈틀거렸다. 그에 잠식당하지 않으려고 푸른 기운이 병마를 붙들고 있었다. 그것이 꽤 힘들어 보였다. 저 검은 병마가 호열자 역신의 기운인가.

"그래, 내가 해 달란 건 했나?"

월매는 뉴월이가 남긴 쪽지를 떠올렸다. 고양이 그림을 그려 사람들이 대문에 붙이도록 할 것. 그걸 보고 구시렁댔어도 월매는 시키는 대로 했다.

"사람들이 찾는 만큼 그려는 드렸죠."

"그건 계속 부탁하고. 이거 고칠 수 있겠어?"

뉴월이는 남자의 상체를 가리켰다. 그 말에 남자가 웃음을 터뜨렸다. 너무 뜬금없어 월매도 따라 웃고 싶었지만, 뉴월이가 남자의 뒤통수를 때리자 입을 다물었다.

"손! 예의 없이 굴지 말게! 저 애가 가진 힘도 모르면서!"

월매가 눈을 굴렸다. 뉴월이가 말하는 자신이 가진 힘이란 게 무언지 본인도 전혀 모르겠다. 귀신들을 보는 거? 병귀와 그 흔적인 병마를 보는 거?

"네가 평소에 사람을 치료하는 대로 해 봐. 어제 간장 환자의 병귀를 없앴던 것처럼."

어제 종로통에서 한 걸 뉴월이가 봤구나. 그래서 월매의 집에도 찾아왔고. 이제야 궁금했던 것 하나가 풀리자 절로 고개가 끄덕여졌다. 그걸 수락의 의미로 여겼는지 뉴월이가 남자를 부축했다.

"에? 아니…."

월매는 그들을 쫓아 허둥지둥 밖으로 나갔다. 자기가 그동안 병귀를 없앤 건 사람들을 속인 사기였다고 말하고 싶었으나 그 말이 좀처럼 입 밖으로 나오지 않았다. 오뉴월이라면 편히 그 말이 나왔겠지만, 저 역신은 감히 범접할 수 없는 무시무시한 두창신이 아니던가. 월매는 어쩔 줄 몰라 하다가 에라 모르겠다 하고 가방에서 방울을 꺼냈다.

"낫이…."

"내 칼을 빌려주지."

뉴월이가 허리춤에서 단도를 꺼내어 건넸다. 소름 끼치는 예기가 느껴지는 칼을 바닥에 내려놓고 월매는 큰 숨을 들이켰다. 짤랑짤랑.

"바닥에 누워 주세요."

방울을 흔들며 말하자 손이 입술을 삐죽였다.

"내가 얼마나 귀한 몸인데 이런 흙바닥에…."

그렇게 투덜거리다 뉴월이의 싸늘한 눈빛을 보고는 순순히 바닥에 누웠다. 아이고. 옆에서 저 역신의 하인인 듯한 여자가 안타까워했다.

"오소서, 오소서. 약사여래님이여, 오소서."

그늘 한 점 없는 오후의 햇살이 손의 몸에 내려앉았다. 짤랑이는 방울 소리는 끊임이 없었다. 손은 들끓는 고통을 잠재우느라 지쳤다. 눈부신 해를 멍하니 바라봐서일까, 색색의 빛무리가 내려앉는 느낌이 들었다. 뚝 하고 방울 소리가 멈췄다. 그때 손은 자신을 내려다보는 그림자를 보았다. 무당인가 싶었는데 갑자기 들이밀어진 얼굴이 약사여래였다. 억 하고 몸을 일으키려고 했으나 단호하고 힘 있는 손이 그를 내리눌렀다.

그 손끝이 손의 몸을 따라 흙바닥에 선을 그렸다. 이내 뉴월이가 손을 일으켜 세우자 쩌억 하는 소리와 함께 손은 몸이 가뿐해지는 것을 느꼈다. 손이 돌아보자 상체에 있던 검은 기운이 바닥에 들러붙어 요동쳤다. 바로 그때, 날카로운 칼날이 허공을 가르며 검은 기운을 찔러댔다. 요리조리 피하던 그것이 이내 칼에 찔려 흔적도 없이 사라졌다.

노퍽은 침대에서 눈을 떴다. 창밖을 보니 벌써 날이 저물고 있었다. 그는 몸을 일으켰다. 오른손에 맨 붕대에 여전히 검은 피가 배어 나오고 있었다. 팔에는 푸르게 그을린 자국이 있었으나 큰 상처는 아니었다.

노퍽은 대충 옷을 입고 호텔 밖으로 나왔다. 이제 해가 지면 여름의 열기가 식어 서늘한 바람이 불어왔다. 콧노래를 흥얼거리며 인력거와 전차가 지나는 길을 건넜다. 그를 지나치는 사람마다 두 눈에 두려움이 깃들었다. 콜레라로 죽은 이의 등장에 경성 바닥은 혼란에 빠져 있었다. 그는 이 정도로 만족하지 않았다. 더욱더! 더 많이! 흑사병보다 더 많은 이들이 콜레라에 죽어 그 이름만으로도 자신을 향한 두려움에 경배할 때까지.

어두운 골목에 들어서자, 그의 그림자에서 쥐들이 흩어졌다. 저들이 콜레라를 곳곳에 퍼지게 할 것이다. 앞으로 일어날 일이 눈에 선해 만족스러운 웃음이 흘러나왔다. 장갑 낀 손을 문지르는데 어디선가 고양이 울음이 들려왔다. 노퍽은 귀를 기울였다. 한두 마리의 소리가 아니었다. 그가 고개를 들자 지붕이며 담에 앉은 고양이를 발견했다. 날카로운 울음이 들리더니 일제히 바닥으로 착지했다. 그것들이 사방으로 흩어지는 쥐들을 잡기 시작했다.

"안 돼!"

노퍽이 달려갔다. 고양이를 잡으려고 했으나 너무도

재빨랐다. 쥐를 문 고양이가 한 집으로 달렸다. 그리고 대문에 붙은 종이 속으로 뛰어 들어갔다. 노픽은 고양이 그림이 그려진 종이에 손을 댔다. 어디선가 날카로운 울음과 함께 팔뚝에 긴 손톱자국이 났다.

"젠장!"

노픽은 성큼성큼 호텔로 향했다. 도대체 무엇이 그런 짓을 벌였는지 알 수 없었다. 당장이라도 붙들어서 찢어발기고 싶었지만, 당장 찾을 방도가 없었다. 일단 먼저 다시 숙주를 만들어야 했다. 아무나 붙들어서….

"노픽 상!"

노픽의 옆으로 자동차 한 대가 다가와서 섰다. 그 뒷자리 차창이 내려가고, 미쓰다가 아주 반가운 얼굴로 노픽을 불렀다.

"어디 다녀오십니까? 식사는 하셨는지요?"

"그것보다 중요한 것이 있습니다. 미쓰다 상."

"중요한 것이요?"

그 말에 미쓰다는 어제 동료들과 그에게 제안한 것에 대한 대답임을 직감했다.

"타도 되겠습니까?"

"이런, 제가 노픽 상을 세운 채 말이 많았습니다. 어서

타십쇼!"

상기된 얼굴로 미쓰다가 옆자리로 몸을 옮기자 노퍽은 장갑을 벗으며 차에 올랐다.

◎◎◎

해가 지기 시작하자 뉴월이는 월매에게 이것저것 묻기 시작했다.

"달리기는 빠른가? 체력은? 몸에 신을 받아 본 적이 있느냐?"

"네, 네, 네?"

대꾸하던 월매가 마지막 질문에서 기함했다.

"빨리 놈을 죽여야 한다. 한 번만 내게 너의 몸을 빌려주거라. 깨끗이 쓰고 돌려주마. 응?"

뉴월이 다짐에 다짐의 말을 해도 월매는 냉정히 자리에서 일어났다. 집에서 기다리고 있을 연지가 떠올랐다. 상황이 위험할 것이 뻔한데 쉽사리 역신에게 자신의 몸을 내어주는 짓이라니. 절대 안 될 말이었다.

"그놈이 앞으로 이 경성을, 나아가 이 조선을 역병으로 몰아넣으면 더는 사람들을 구할 방도가 없다. 일본놈들이 도와줄 것 같으냐? 경성 바닥의 병원들이 조선인을 위하겠나, 일본놈들을 위하겠나? 그러니 한시라도 빨리 놈을 없애야 하네."

순간 월매는 아까 부스럼을 치유할 때 그린 그림을 떠올렸다. 범이 병을 감싸던 것을. 이젠 그 반대가 되었다.

"저는 안 됩니다. 저 어린 연지를 두고 죽으러 갈 수 없어요. 아시잖아요!"

자신의 부끄러움이 뭔지, 이런 흉악한 세상이라도 얼마나 살고 싶은지! 월매가 뜨거워진 눈두덩이를 손등으로 문질렀다. 그런 월매의 앞에서 뉴월이는 무릎을 꿇었다. 놀란 월매가 뒷걸음질 쳤다. 뉴월이는 황급히 장갑을 벗어 그런 월매의 눈앞에 내밀었다. 검게 썩어 들어가 뼈가 드러난 두 손.

"내가 이런 손으로는 칼을 제대로 쥘 수가 없어. 내 약조하마. 위급하면 그 몸에서 나와 널 도망치게 하겠다. 딱 한 번이면 돼!"

뉴월이의 손을 보는 건 처음이었다. 그런 손을 보이는 건 반칙이라고 월매는 생각했다. 그러나 부모님이 돌아가시고 그 시신을 마을 사람들이 뒷산에 그냥 버렸을 때 서럽게 울던 자매 앞에 나타나 묵묵히 땅에 묻어주던 뉴월이가 떠올랐다. 왜인지는 모르겠지만, 그는 언제나 사람들을 돕고 싶어 했다.

"그 약조 꼭 지키세요!"

월매와 집을 나서려는 뉴월이를 손이 급히 붙들었다.

"도대체 그건 뭐였지?"

아까 겪었던 일이 선뜻 이해가 가지 않는 모습이었다. 만약 저 무당의 힘이 정말이라면, 어쩌면 뉴월이의 저 지랄 맞은 저주도! 거기까지 생각했을 때 뉴월이가 손의 어깨를 다독였다.

"다녀옴세."

자신이 그렇게 생각했다면 뉴월이도 이미 그 생각을 했을 터였다. 그러나 뉴월이는 아무 말도 하지 않았다. 마치 상관없다는 것처럼.

저런 식의 태도는 손을 언제나 짜증나게 만들었다.

뉴월이 죽기를 각오하고 처용 처의 병마를 거둬들였음에도 기대했던 것만큼 오래 살지 못했다. 그때부터 그는 언제나 죽고 싶어 했다. 죽을 자리를 알고 찾아가는 모습이란. 기쁜 것인가, 슬픈 것인가.

◎◎◎

한적한 곳에 선 자동차가 좌우로 흔들렸다.

"히이익!"

운전석에서 튀어나온 운전기사가 도망쳤다. 미쓰다와 노퍽은 뒷좌석에서 엉겨 붙어 있었다. 노퍽이 미쓰다의 얼굴을 맨손으로 짓눌렀다. 그 손아귀에서 미쓰다가 빠져나오려고 팔다리를 버르적거렸다. 그러다가 구역질하기 시작했다.

"어서 빨리, 병에, 걸려 버려!"

노퍽이 온 힘을 다해 병을 옮겼다. 쿵. 그때 차 앞에서 이쪽을 보고 있는 여자와 눈이 마주쳤다. 어제 자신을 벤 단도가 차체를 두드렸다. 노퍽은 흐트러진 머리카락을 정돈하고는 차에서 내렸다.

"어제와는 같은 듯하면서도 다른 듯하군."

노퍽의 말에 월매의 몸에 들어간 뉴월이가 입꼬리를 올렸다. 썩어가는 제 몸이 아닌 인간의 몸으로 들어오니 몸이 날아갈 것 같았다. 게다가 약사여래의 힘이 아직 월매의 몸에 남아 있어 저 고약한 역신을 상대하기에 적당했다.

노퍽의 뒤로 검은 기운이 솟구쳤다. 뉴월은 재빠르게 피하며 칼을 휘둘렀다. 기운의 한 자락을 베자 쥐의 귀신이 흩어졌다. 연달아 칼을 찔러넣고 베었다. 날카로운 단도는 그 역신을 물러서게 했다. 그때 갑자기 자동차에서 미쓰다가 뛰쳐나와 뉴월이를 붙들었다. 오물이 튀어 몸을 적시자 붙든 팔을 베어내고 그 손아귀에서 빠져나왔다.

미쓰다의 옷깃 여기저기가 부풀더니 그 안에서 쥐들이 빠져나왔다. 쥐들이 물어뜯으려고 달려들자 뉴월이는 자동차 위로 올라갔다. 그리고 노퍽을 향해 뛰어내렸다. 높게 치켜든 단도가 그의 미간을 향했다. 순식간에 검은 기운이 뉴월을 덮쳤다. 뉴월은 강한 힘에 바닥을 구르며 칼을 놓쳤다. 이를 놓치지 않고 노퍽이 몸을 짓눌렀다. 붙들린 몸에 잔뜩 힘을 주었지만, 점점 힘이 빠졌다.

"저들의 손에 죽든 내 손에 죽든 이 나라는 망할 거다."

"염병한다. 그건, 너의 허깨비 같은 꿈이고."

호열자 역신의 말에 뉴월이가 피식 웃으며 중얼거렸다. 그때 손이 달려와 바닥에 떨어진 칼을 집어 들어 호열자 역신의 옆구리에 꽂아 넣었다. 역신이 분노로 울부짖었다. 압박감이 풀린 뉴월이가 월매의 몸에서 굴러 나와 노퍽의 얼굴을 붙들었다. 두 손은 맨손이었다. 뉴월이는 자신을 잠식했던 모든 것들을 노퍽의 몸에 밀어 넣었다. 딱 한 번 오뉴월 감기만큼만. 그 이름 참 마음에 들지 않았는데 지금 상황에선 아주 적절한 것 같았다. 노퍽은 비명을 내지르며 도망갔다. 더는 쫓아갈 힘도 없었다.

"무슨 일이 있었던 거예요?"

월매가 일어나 주위를 봤다. 사방을 뛰어다니는 쥐들이 허공에 흩어지는 모습에 안도하며 쓰러진 뉴월에게 다가갔다.

"놈을 죽이진 못한 거 같아."

손이 아쉬워하며 말했다.

"죽일 수 있을 거라 생각하지는 않았어."

뉴월이는 그렇게 중얼거리며 옆에 주저앉는 손을 바라봤다. 뒤늦게라도 달려와 준 손이 고마웠다. 안 그랬으면 월매와의 약속도 지키지 못하고 같이 죽을 뻔했다.

"그래도 한 명 이상은 구했겠지."

손이 키득거렸다.

"다시 해요! 이대로 놈이 도망가게 둘 순 없어요. 쫓아가서 반드시 놈을 없애 버려요!"

월매가 소리쳤다. 뉴월이와 손은 서로를 바라봤다.

"그럼 한 명이라도 더 살려 볼까?"

"좋아!"

그들은 고개를 끄덕이며 서로를 부축하고 일어섰다.

경성역. 신의주로 향하는 기차가 기적을 울렸다. 주위

를 살피던 노퍽은 급히 기차에 올랐다. 잔기침이 한 번 나오면 멈추지 않았다. 그는 의자에 몸을 웅크리고 앉아 몸을 벌벌 떨었다. 여름인데도 무척 추웠다. 반소매 셔츠와 반바지 차림이 마음에 들지 않았으나 갈아입을 옷도 힘도 없었다. 노퍽은 유리창에 이마를 대고 눈을 감았다. 그의 몸에 열꽃 대신 검은 반점이 피어났다.

작가의 한마디

만약에 절망의 시대가 돌아왔다고 느끼신다면, 부디 무탈하셨으면 좋겠습니다.

피와 로맨스

이작

시린 발을 신발 속에서 옴지락거리며 카메라 렌즈를 닦는 중이었다.

갑자기 삼촌이 암실에서 뛰쳐나왔다. 사진관 안을 정신머리 없이 왔다 갔다 하더니, 왼손으론 움켜쥔 사진을 눈앞에 들었다 놨다 하고, 오른손으론 희끗희끗한 머리채를 쥐어뜯었다.

지난여름 고등경찰에게 매질을 당해 몸을 못 가누던 모양이나, 신문사에서 잘리고는 가을 무렵까지 부채질을 활활 해 대던 그 모양이 아니라 다행이었으나, 지금 저 가슴속에 열기가 팔팔 끓는 것이 분명했다.

"아아, 이를 어찌하면 좋으냐."

마침내 긴 탄식을 토한 삼촌이 긴 의자에 털썩 주저앉았다.

"왜요? 사진이 잘못 나왔어요?"

난로 건너로 다가가 문제의 사진을 힐끔 보았다.

"그럴 리가! 그게 아니라 찍히면 안 되는 사람이 찍혀 버렸다."

가슴팍에 떠밀다시피 사진을 내민 삼촌이 다리를 달달 떨었다.

사진은 광화문 앞이었다. 높이 걸린 현수막엔 '경기도 경찰부 혹한기 구난 행사'라고 적혀 있고, 제복을 입은 고등경찰 일원들이 장작을 한 짐씩 나눠 주는 광경이었다.

경제사범들에게서 압수한 목재일 게 뻔했다. 그러나 크리스마스를 앞두고 장작 한 짐에 25원을 돌파했으니, 몰려든 빈민 수백 명에게 제대로 생색을 내는 일이 되었을 것이다.

앞단에서 카메라로 경부, 경부보 몇을 찍고 있는 이들은 물으나 마나 매일신보 기자들이다. 중앙에 뿌듯한 표정으로 박혀 있는 얼굴은 지난여름 삼촌과 삼촌 동료들을 체포한 홍세혁이었다.

그가 삼촌을 비롯한 동아일보 기자들에게 씌운 혐의는 치안유지법 위반이었다. 백림° 올림픽 마라톤 금메달리스트 손기정 선수의 옷에서 일장기를 지웠다는 이유였다. 사진에 나온 일장기를 지우는 일이야 이전에도 없질 않았는데, 새삼스레 그런 혐의를 받아 끌려간 것이다.

삼촌은 주동자가 누구냐는, 답도 없는 질문에 40여 일

° 伯林. '베를린'의 음역어.

동안 매질을 당하다가 다시는 언론에 종사하지 않겠다는 각서를 쓰고 겨우 풀려났다. 같이 붙들려 간 기자들도 마찬가지였다. 돌아보니 신문사는 그대로인데 기자만 열 명이 쓸려 나갔고, 한낱 경부에 불과했던 홍세혁은 그 공로로 보안과장이 되었다고 했다. 조선인으로선 대단히 희귀한 영전이었다.

빈민 구난 행사를 한다네요, 고등경찰계가. 여차하면 잡아다 매질부터 하는 데서 어울리지도 않게 분칠한다는 소리도 있지만, 어쨌든 뭐 하나 받아먹은 빈민들이야 충성심이 생기지 않겠어요?

며칠 전 매일신보 급사가 필름 현상을 맡기러 와서 한 소리였다.

두 계절이 지나도록 화를 삭이지 못한 삼촌은 그 소리를 듣고 독일제 보이그랜더 카메라를 챙겨 나갔었다. 어디 얼마나 위선적으로 구는지 직접 찍어 역사에 남기겠다고 분통을 터뜨린 후였다.

내가 말했다.

"홍세혁이나 매일신보 기자들을 말한 건 아닐 테고."

사진 속 뒷줄에 사람들이 멱살을 잡고 있었다. 새치기하다 분란이라도 난 듯했다. 그리고 오른쪽 구석이었다. 모직 코트를 입은 여자가 모자에 달린 베일을 들어 올리고 있었다.

“이 여자 말이어요?”

코가 오뚝한 미인이지만, 중년의 나이가 고스란히 묻어난 얼굴이었다.

삼촌이 머리를 감싸 쥐었다.

“그래, 그 여자. 권연옥이. 내가 얘기를 해 줘야겠지? 응? 아무래도 얘기를 해 줘야겠지?”

그러고는 벌떡 일어나 미닫이문을 열었다. 신문 팔던 소년을 소리쳐 부른 삼촌은 가회정 어디어디에 가면 현치건이란 아저씨가 있을 테니, 저녁 7시에 혼마치 사케에서 보자는 얘기를 전하라며 심부름값을 넉넉히 쥐여 주었다.

“너도, 그, 전에 내가 화이트호-올스 킵해 둔 것 있지? 준비 좀 해 두어라.”

삼촌은 나에게도 그리 말하며 도로 암실에 처박혔다. 그리하여 평소에도 차분하진 않았지만, 삼촌을 저리 안달복달하게 만든 여인이 누구인지 알기까지 한나절을 더 기다려야 했다.

혼마치 일정목 끄트머리에 있는 작은 바 '사케(サケ)'는 연어를 뜻했다. 한남권번 기생 출신 여사장이 돈 없고 갈 데 없는 여급들에게 언제든 다시 돌아오라는 의미로 붙인 이름이었다.

실상은 돈 없고 갈 데 없는 룸펜들의 참새방앗간 같은 곳에 가까웠다. 술병을 나르고 청소를 마친 다음 바 안쪽에서 위스키잔에 광을 내고 있으면, 저녁도 안 되어 〈시인부락〉이나 〈시와 소설〉 같은 문학 동인지를 들고 와 글을 음미하는 이가 있고, 미제 재즈 레코드판을 제멋대로 틀고는 여급과 춤을 추는 이도 있었다.

야밤이 되면 넥타이를 맨 신사들이 위험한 얘길 수군댔다. 20대에 친일파가 드글드글한 이유가 교활한 문화통치 때문이라거나, 상해 임시정부와 무정부주의자, 공산주의에 경도된 지식층을 돌아가며 비판하기도 했다.

동아일보 다니던 시절 삼촌도 단골손님 중 하나였다. 요즘 주머니 사정이 넉넉지 않아 출입을 자제하던 차에 아껴 놨던 영국제 위스키를 꺼내 놓으라는 말은 중요한 손님이거나 중요한 얘기를 할 손님이라는 말이나 마찬가지였다.

나는 여느 때처럼 위스키잔 서너 개를 늘어놓고 닦으며, 권연옥이라는 이름에 빠져 있었다. 그는 내가 어릴 적

동아일보에도 여러 번 실린 유명한 기생이었다. 다만, 어찌 그리 유명했나 기억을 더듬어도 자유연애 스캔들이나 기생조합을 만든 얘기만 어렴풋이 떠오를 뿐이었다.

"무엇에 정신이 그토록 팔려 있어?"

기척에 흠칫 놀라자 여사장이 싱긋 웃었다.

"그놈의 집중력. 공부를 관둬도 수재의 머리는 어쩔 수 없는 건가?"

여사장이 얇은 궐련을 입에 물었다.

순간 내가 너무 바보같이 느껴졌다. 알려 줄 사람을 코앞에 두고도 몰라봤다니.

얼른 성냥을 그어 불을 붙여 주곤, "사장님, 혹시 권연옥이란 인물을 아세요?" 하고 물었다.

그러자 여사장이 눈을 동그랗게 뜨고 깔깔 웃었다.

"어머나. 순범이 네가 기생에 웬 관심이야?"

그러고는 팔다 남은 보르도°를 유리잔에 부었다.

"전설적인 기생이지. 로맨스도 독립운동도."

여사장은 한 모금 마신 후 어깨를 으쓱했다.

"원래 대구 기생이었어. 팔자가 대부분 그렇듯 자기가 원해서 기생이 된 게 아니니, 여유가 좀 나서는 공부가

° Bordaeux, 여기서는 보르도산 적포도주를 뜻한다.

하고 싶었지. 그래서 야학엘 다녔단 말이야. 어리지, 예쁘지, 똑똑하지. 태가 나도 아니 날 수 없었는데, 하필이면 그 야학에 한 선생이 말쑥하게 생긴 인텔리라. 현노건이란 자였지. 그자의 집안이 워낙 대단했던지라 둘이서 자유연애를 한 게 신문에 대문짝만 하게 나기도 했어."

감이 조금 왔다. 삼촌이 만나자고 청한 현치건과 권연옥의 연인 현노건. 이름자만으로도 한 집안 같은 항렬의 형제라고 짐작되었다.

"현노건의 집안에서 가만히 있었겠어? 얼른 짝을 지어선 상해로 유학을 보내 버렸단 말이지. 거기서 현노건은 임시정부에 들어갔고, 대구에 계속 있을 이유가 없어진 권연옥은 경성에 올라와 기생조합을 만들었던 거야. 생이별한 채로."

잠깐 골똘히 생각하던 여사장이 연기를 뿜었다.

"삼일운동이 벌어졌을 때 순범이 네가 몇 살이었지?"

"네댓 살이었겠네요."

"아이고. 우리 순범이 아직 어리구나."

그래 봐야 사장이랑 10년 차이 아니냐고 울컥 치받을 때 여사장이 말을 이었다.

"삼일운동 때 애국지사들이 낭독했던 독립선언문을 임시정부에서 만들었거든. 그걸 누군가 경성으로 들여와야 했는데, 종이에 쓰인 걸 들여오다 발각되면 만세운동이고 뭐고 모두 허사가 되잖아? 허니 그걸 달달 외워 가지고 들어왔단 말이야, 사람이. 그 인물이 바로 현노건이었고.

그치는 그 기회에 권연옥을 어떻게 한번 만나 볼까 했겠지. 그런데 막상 들어와 보니 경성 바닥에 유명한 기생이 되어 있더란 말이야. 한 번만 만나 달라는 사내들이 줄줄이 따라다녔어. 하는 수 없이 한남권번 사무실에 물어물어 갔겠지, 소식이나 전하자고. 그런데 무슨 운명의 장난이라니? 거기서 둘이 딱 마주친 거야, 몇 해 만에.

지나간 인연, 불씨만 남아 있었대도 전연 이상하지 않았을 텐데. 그 둘의 불꽃은 사그라지지도 않고 오히려 맹렬히 타올랐어. 권연옥은 부귀와 영화를 물리치고 현노건을 좇아 누구도 몰래 도망을 쳤지. 상해로."

"전설의 로맨스네요."

여사장은 손가락을 저었다.

"그것만이 아니지. 상해로 갈 때 현노건한테 그랬다는 거야. 자기를 여자로만 보지 말고, 동지로 봐 달라고. 그러고는 어찌했는지 알아?"

내가 고개를 가로젓자 여사장이 목소리를 낮췄다.

"의열단이 되었지."

"아…."

삼촌이 머리채를 쥐어뜯은 이유를 알 만했다. 부산경찰서, 밀양경찰서, 조선총독부에 폭탄을 던지며 일제 고관을 암살해 온 의열단원이 경성에서 얼굴을 드러냈다. 무슨 일이 일어나도 일어나리라는 신호인 셈이었다.

"맹렬한 로맨스는 끝도 맹렬히 슬프더라."

여사장이 살짝 침울해졌다.

"슬프게 헤어졌나 봅니다?"

"응. 순범이 너 임시정부가 왜 상해에 있는 줄 알아?"

"거길 불란서°가 자기네 영토처럼 써서 일본 경찰이 함부로 못 들어간다고 하던데요."

"맞아, 옛날엔 그랬지. 그만큼 밀정이 지천으로 깔린 곳이기도 했고.

누가 현노건을 팔아넘겼는진 모르겠어. 여하튼 일제 영사관 경찰한테 붙잡혀서 평양형무소에서 3년을 살았다던가. 출옥해선 얼마 못 살고 죽었어, 병들어서. 본처도 사십구재를 못 넘기고 자결했다고 하고.

집안이 말 그대로 풍비박산 났고. 연옥은 조선땅에선 도망자 신세이니 사랑하는 이가 죽을 때 곁을 지키지도

° 佛蘭西. '프랑스'의 음역어.

못했고, 부부합장묘를 썼다 하니 죽어서 그의 곁에 묻힐 수도 없게 되었지. 그 후론 아무도 소식을 몰라. 나이도 꽤나 들었을 텐데."

"살아 있겠죠."

경성에. 속으로 덧붙였다.

"살아는 있겠지, 어딘가에. 그런데 의열단도 분란이 나서 없어졌대고, 사랑하는 이는 죽어 버렸고. 더 살아야 할 이유를 찾긴 했을까? 나는 권연옥이 자결했지 싶어. 그러니 소식 한 점이 없지. 로맨스는 때로 피보다 무서운 것이니."

여사장은 가게 밖으로 흩뿌리기 시작한 눈발을 지켜보다가 보르도를 마저 삼켰다. 마침 한 무리의 손님들이 옷을 털고 들어왔다. 방금의 눈빛과는 달리 함박웃음을 지은 여사장이 홀을 건너 깊숙한 안쪽으로 인도했다.

한두 시간 지나 저녁 7시 정각에 삼촌이 털모자를 탈탈 털며 들어왔다. 바에 앉자마자 출입문을 향해 "현형!" 하고 손을 치켜들었다. 안으로 들어서던 중년 남자도 "어이, 신형. 오랜만이오. 어쩐 일로 날 다 부르고."라며 삼촌에게 악수를 청했다.

"일단 한잔합시다."라며 삼촌이 나에게 눈을 찡긋했다.

화이트호-올스가 위스키잔에 차는 새 나는 안줏거리

로 소금 입힌 과자를 담아 바 테이블에 내놓았다. “현형” 이라 불린 남자, 그러니까 현치건은 삼촌에게 전에 듣기로 같이 고등경찰계에 붙들려 간 사람이었다. 둘이 나이도 비슷하고, 신문사에서 잘린 처지도 같았지만, 낡은 겨울 외투를 아무렇게나 걸친 삼촌과 달리 그는 위아래로 양복을 깔끔하게 맞춰 입은 멋쟁이였다.

“어떠시오, 요즘?”

삼촌이 다시 잔을 채우자 현치건은, “사장을 한 번 만났소. 성냥개비로 고루거각을 태워 버렸다고 펄펄 뛥디다. 총독부가 다른 사람을 새 사장으로 앉힌다니 화낼 만도 하지. 그래도 고등경찰계가 일부러 수작 건 것, 모르는 사람이 있소? 어차피 한글 신문들 죄 총독부 찬양이나 하는 기관지로 만들려는 수작인데, 그걸 아는 양반이 기자들 탓만 하고 있으니, 원.” 하고는 혀 차는 소리를 냈다.

“아니, 현형 신상 말이오. 어찌, 소설은 쓰고 있느냐 말이지.”

삼촌 말에 현치건은 소년같이 얼굴을 붉혔다.

“사람 참 쑥스럽게. 구상하는 내용이야 좀 있지. 단편으로만 써 왔으니, 이번엔 제대로 장편을 써 볼까 하고….”

“그래, 현형의 장편이라면 이광수, 홍명희 빰을 후려치고도 남을 거요.”

픽 웃은 현치건이, "신형은 매일신보사 앞에 사진관을 차렸다지? 개업식에 못 가봐서 미안하오. 사진 기술이 남다르니 번성할 거요." 하고 삼촌의 어깨를 두드렸다.

"현형, 사실 내가 보자고 한 이유도 사진 때문인데…."

마른침을 삼킨 삼촌이 윗옷 안주머니에서 사진 몇 장을 꺼냈다. 각각의 사진에 모자를 쓴 여인이 다른 각도로 찍혀 있었다.

미간을 찌푸리고 찬찬히 사진을 들여다보던 남자가 갑자기 벌떡 일어섰다.

"언제 찍었소?"

"맞지요?"

"여기 광화문 앞인데. 권연옥이 경성에 들어왔다는 거요?"

"현형, 현형. 흥분을 좀 가라앉히구려. 내가 생각을 좀 해 봤거든."

삼촌이 억지로 그를 자리에 앉혔다. 그러고는 나에게도 들릴락 말락 소곤거렸다.

"좀 이상하게 들리겠지만, 나는 권연옥이가 내 카메라에 일부러 찍힌 것 같소."

"그게 무슨 소리요?"

현치건이 삼촌에게 바짝 다가갔다.

"일단 권연옥이가 의열단이었던 사실을 우리가 다 알지 않소. 오늘 밤이라도 총독부든 고등경찰계든 어디 한 군데서 폭탄이 터져도 이상할 일이 아니란 말이지. 그런 그가 경성에 잠입했단 사실이 알려지면 경찰부 전원에 비상이 걸릴 텐데, 되레 고등경찰이 득시글대는 행사장에서 얼굴을 드러냈다? 그래야만 하는 이유가 있지 않은 한 왜 그랬겠소?"

"그래야만 하는 이유라니?"

"둘째, 셋째 사진을 보시오. 각도가 다르기는 하나 일관성이 있지. 내 카메라에는 잡히고 매일신보 카메라나 고등경찰계 사람들 눈엔 잡히지 않을 각도."

"권연옥이가 신형을 알아서 일부러 찍혔단 말이오?"

"그보다 더. 내가 현형을 알고, 현형에게 말하리란 사실까지 안다고 추측하는 편이 옳지 않겠소? 그리고…."

삼촌은 화이트호-올스를 쭉 들이켠 후 네 번째 사진을 내밀었다. 현연옥이 응시하고 있는 건물이 보였다.

"종로권번이오. 예전 한남권번 사무실 그 자리지. 이 정도면 찾아오라는 말이나 다름없지 않소?"

턱을 쓰다듬던 현치건이 "밑져야 본전이겠지." 하고 답했다.

불현듯 삼촌이 나를 가리켰다.

"여기 이 청년, 내 외조카올시다."

그 바람에 얼결로 현치건에게 묵례했다. 그는 바텐더인 나를 경계하는 눈초리였으나, 삼촌이 적극적으로 "입이 무거운 녀석"이라고 안심시킨 덕에 누그러졌다.

"경성제대 예과를 수석으로 수료한 놈인데, 남의 입시 비리에 휘말려 쫓겨났소. 머리 영특하기로는 내가 보증하고, 소학교 다닐 때부터 공수도나 검도를 꾸준히 익혀 신변 보호를 맡길 만합니다. 지금 현형이랑 내가 같이 움직이다 남의 눈에 띄어 좋을 일이 없으니, 내일 낮에 나 대신 이 아이와 함께 가 보시면 어떻겠소?"

한 마디 상의도 없이 일을 벌이는 삼촌에게 항의조의 눈빛을 보냈으나, 삼촌은 성의 없이 손만 휘휘 저을 뿐이었다.

한술 더 떠 현치건도 "과연."이라며 고개를 끄덕였다. 물 흐르듯이 현치건과 다음 날 정오에 종로권번 앞에서 만나자는 약속이 둘 사이에 맺어졌다. 현치건이 돌아간 후에 나는 삼촌에게 대차게 대들었다.

"나는 위험해져도 그만이어요? 보호자가 돼선 어떻게 얘기도 안 하고 결정을 내려요?"

"보호자는 무슨. 옛날 같으면 네 나이에 자식이 둘은 된다."

"삼촌!"

"미안타만 믿고 맡길 사람이 너밖에 없는 걸 어쩌겠냐. 나도 그 시각에 종로권번 근처에 있을 테니 여차하면 뛰쳐나오고."

"아니, 난 아니 간다니까요. 안 갈 건데 뛰쳐나오긴 뭘 뛰쳐…."

"현형에게 말하지 않았다만, 너도 짐작하고 있겠지? 사진에 나온 경기도 경찰부 고등경찰계 전원 또는 그중 하나가 표적이야. 권연옥이가 거사 전에 확인하러 왔다가 우연히 나를 발견한 게야."

"그럼 표적만 암살하고 사라지면 될 일이지, 왜 굳이 만나자는 신호를 보내요?"

"글쎄. 현형에게 할 얘기가 있는지도 모르지. 현형이 어려서 큰아버지댁 아들로 입양을 갔거든. 예전에 권연옥이가 낭군으로 사모하던 이가 사실 그 친형이야."

"그러니까 삼촌 말은 의열단이, 시동생 같은 사람을 얘기만 하자고 부른다고요? 삼촌한테 신호를 보내서?"

나는 고개를 절레절레 흔들었다.

"아, 모르겠어요, 삼촌. 나는 아무 번민 없이 종로권번에 한 발만 찍고 나올 거예요. 신상에 문제가 생길 것 같으면 현형이고 나발이고 나부터 피할 테니 그렇게 아시고요."

진저리를 치는데도 삼촌은 씩 웃고 말았다.

대체 그 근거 없는 낙관주의나 무책임성이 어디에서 나오느냐고 쏘아붙이고 싶었지만, 이미 내 불만은 안중에도 없다는 표정이었다.

000

무려 의열단이었다.

내가 태어나서 살아온 시간보다 더 오랫동안 일제에 피로 맞서 온 사람들이다.

이불 속을 덥히는 뜨거운 물주머니가 다 식을 때까지 한잠도 이루지 못했다. 권연옥처럼 전설적인 사람을 만난다는 기대도 있었지만, 그에 휩쓸려 엉뚱한 일을 겪을지도 모른다는 두려움이 앞섰다.

"촉이 와. 온다고."

코까지 덮은 이불 속에서 중얼거렸다.

그러잖아도 나는 남의 일에 습관적으로 휘말려 손해를 보곤 했다. 어떤 일에 끼어도 되는지 안 되는지 알아보는 촉이 다른 사람보다 좋아도 피할 수가 없었다. 그 촉이란 돈이나 뒷배경 없이 자란 사람 특유의 기질인데, 꼭 돈이나 뒷배경 없이 해결할 수 없는 일이 닥쳤기 때문이었다.

이번 일도 질문을 던져 보았다. 내 일인가?

"결코. 남의 일이지."

재차 질문을 던졌다. 일이 틀어졌을 때 피할 수 있나?

예전에도 그다지 비빌 언덕 감은 아니었던 삼촌은 이제 이름난 신문사 기자가 아니다. 있던 돈도 사진관을 연다고 다 써 버렸다.

"못 피하네."

그렇다면 답은 명백했다. 가지 않으면 된다.

오른편으로 누웠다가 왼편으로 돌아누웠다. 이불을 다 차 버리고 큰대자(大)로 자는 아홉 살 동생을 물끄러미 바라보았다. '내가 잘못되면 동생은 누가 돌보지?' 하는 데까지 생각이 미치자 더 이상 누워 있을 수가 없었다.

인정하고 싶지 않지만, 호기심이 들었다. 의열단이 도와달라고 하면, 휘말리지 않는 선에서 기꺼이 도울 마음도 있었다.

'삼촌에게 얘기한 대로 종로권번 사무실에 발 도장만 찍고 나오자.'

결론을 내리고 옷을 주워 입었다. 얼음장 같은 새벽공기가 긴 하루를 예고했다.

이른 새벽 출판 배급소가 열자마자 주간지, 월간지 꾸

러미를 타다 오전에 일하는 책방에 내려놓았다. 바닥을 쓸고, 얼룩도 없는 유리창을 설레설레 닦다가 11시 반이 되자마자 책방 자전거를 타고 종로권번으로 향했다. 여차하면 도망이라도 빨라야 하지 않느냐는 계산이었다.

현치건은 종로권번 3층 건물 모퉁이에 서 있다가 나를 발견하자 손을 흔들었다. 그는 회중시계를 조끼 주머니에 집어넣고 회색 모직 코트 자락을 추스르며 앞서 계단을 밟았다.

문이 열렸다. 사무실로 들어서자 높은음으로 통화 중이던 여직원이 반달 같은 눈으로 인사했다.

"원주요? 동해까지 거리가 있으니까 하룻밤 묵어가야 할 텐데, 잘 데는 있고요?"

불행히도 통화는 오래도록 끝나지 않았다.

묵묵히 참던 현치건이 결국, "저, 나는 현치건이라 하오만…." 하고 말을 꺼내고서야 여직원이 손바닥을 송화기를 가렸다.

"알아요."

짧게 대답한 그는 들고 있던 연필 끝으로 안쪽 문을 가리켰다. 그 탓에 발 도장만 찍고 나가겠다는 계획이 어그러졌다.

여직원이 가리킨 방 안에 들어서자 창가에 책상과 곧

게 세운 종로권번 깃발이 보였다. 책상 한가운데 '종로권번 가야금 교원 황정순'이라 쓰인 명패가 놓여 있었다. 그 오른편 벽을 키 큰 책장이 차지했다. 칸칸이 축음기와 수십 개의 레코드판, 가장자리가 낡아빠진 가야금 악보로 빼곡했다.

문간을 서성이다 비로도가죽 소파에 앉으려 할 때였다. 아까 그 여직원이 엽차 두 잔을 쟁반에 받쳐 왔다. 서지도, 앉지도 아니한 엉거주춤한 모습을 본 그가 "기다리고 계시면 오실 거예요."라더니 뭐라 묻기도 전에 쌩하니 방을 나갔다. 얼마나 기다려야 하는지 물을 기회도 잃었으니 꼼짝없이 그 방에 갇힌 신세였다.

"신세를 크게 지는구먼."

현치건이 어색하게 미소 지었다. 마음을 들켰나 싶어 "괜찮습니다." 하고 엽차를 홀짝였다.

몇 모금도 마시지 않아 엽차의 온기가 사라졌다. 난로 없는 방이라 공기가 무척 차갑기도 했지만, 어디서 자꾸 찬바람이 새어 들어와 깃발에 달린 노란 술을 흔들었다.

"원래 그런 사람이 기자란 직업을 택하는지, 기자가 되어 성정이 바뀌는지 잘 모르겠지만, 나나 신형 같은 사람은 가끔 착각해. 다른 사람도 자기만큼 위험을 무릅쓸 수 있다고. 어제 집에 가서 돌이켜보니 조카에게 동의를 구한 적이 없더라고.”

“네. 괜찮습니다.”

듣는 둥 마는 둥 대답하고 눈으로는 웃풍의 근원지를 찾았다. 굳게 닫힌 창문은 틈새마다 문풍지를 발라 바람 샐 데가 없어 보였다.

“이렇게 와 줬으니 내가 또 많이 고맙고….”

키 큰 책장에 꽂힌 악보가 미세하게 흔들릴 제 덜컹 소리가 들린 듯했다.

홀린 듯 다가가 책장과 벽 사이에 손을 대 보았다. 찬기가 구렁이처럼 손목을 휘감았다.

말을 멈춘 현치건과 눈이 마주쳤다. 그가 부스스 일어나 고개를 끄덕이기에 책장을 왼편으로 밀어 보았다. 그 큰 책장이 소리도 없이 완전히 이동했다.

철컹!

이번에는 벽 너머의 소리가 분명히 들렸다. 이어 덜컹! 소리와 함께 벽인 줄 알았던 곳이 훽 열렸다.

머리를 박박 민 청년이 어둠 속에서 나타났다. 내가 악소리를 지를 참에 눈이 휘둥그레진 그가 주먹을 날렸다.

“욱!”

눈앞에 별이 빛났다. 주저앉으면서도 오기가 나 그의 두 다리를 껴안았다. 어깨 위로 우당탕 넘어진 그가 신음을 흘리며 군화 신은 발을 내질렀다. 가까스로 명치를 피했다.

"이 새끼가!"

나는 그의 오른팔을 잡아채 엎드러뜨리려 용을 썼다. 그러나 가슴 밑에서 끙끙대는 그도 힘이 만만찮았다. 곧바로 제자리를 찾아 일어나 서로 멱살을 잡았을 때였다.

"얼아!"

목소리가 들려 멈출 수밖에 없었다. 권연옥이었다.

호루대라고도 부르는 뼈대에 방수포를 둘렀어도 트럭 짐칸의 추위는 사람 혼을 빼기에 충분했다. 거기에 덜컹거리는 진동과 탈탈대는 엔진 소음이 참을 수 없는 졸음을 불러왔다.

맞은편에서 나와 대칭적으로 담요를 뒤집어쓴 한얼이 뭐라 외쳤다.

"뭐라고?"

짜증을 섞어 되묻자 그가 엔진 소리를 뚫을 만큼 큰 소리로 외쳤다.

"춥다! 가까이 오라!"

내가 뭉그적거리자 한얼이 반쯤 일어섰다 내 곁에 털썩 앉았다.

"등을 대고 앉으면 뒤는 안 시렵겠지."

아기 턱받이 하듯 앞으로 담요를 두른 그가 내 등에 기댔다. 하여 나도 똑같이 담요를 앞으로 덮고 등을 붙였다.

"잠들지 말라. 금방 검문소 나온다."

그는 손등으로 내 허벅지를 툭툭 치고는 "뭐이, 물근육이구만." 하고 픽 웃었다.

어이가 없어 나도 피식 웃었다.

"저는 뭐 돌근육인 줄 아나?"

그러자 그가, "니, 콧대 주저앉아 어카나?" 하고 물었다.

시비를 거나 싶어 그를 돌아보다가 미안한 표정을 발견했다. 자연 머쓱해졌다.

"이 콧대가 그깟 솜주먹에 주저앉을 것 같으냐? 어림없는 소리."

사실 나도 미안하긴 매한가지라, "너야말로 광대뼈 괜찮으냐? 어째 떨어지길 얼굴로 떨어져?" 하고 묻자 그가 킥킥 웃었다.

"번개가 번쩍하더만. 정신을 단련하지 않았으면 기절했겠지."

정신은 어떻게 단련하는지 묻고 싶었지만, 소소한 얘

기를 나누기에 엔진 소음이 컸다. 그저 그의 등이 편안히 기대오기에 그도 나와 같은 기분이리라 추측했다.

권연옥이 싸움을 말린 후, 한얼과 나는 각자 권연옥과 현치건 옆에 나란히 앉았었다. 주먹싸움의 흥분이 가라앉지 않아 서로 노려보며 씩씩댔지만, 그 와중에도 도움을 구하는 권연옥과 부탁을 들어주는 현치건의 대화는 차분하기 그지없었다.

"와 주어 고맙습니다."

"별말씀을 다. 신세호 사진부장이 만나자는 뜻을 잘 전달해 준 덕분입니다. 그런데 나를 왜 찾았습니까?"

데면데면하다고 느낄 정도였으나, 또 그렇게만 여기기엔 무거운 부탁과 승낙이 오갔다.

"탈출을 도와주셔요."

"일은 다 보았습니까?"

현치건의 물음에 권연옥은 고개를 한 번 끄덕했다.

눈에 권연옥의 솜바지가 들어왔다. 무릎과 종아리가 진흙투성이였다. 손가락빗으로 빗어 묶었을 머리카락도 단정치 않았다. 완연한 입가 주름과 자잘한 흉터 난 손이 평범치 않은 세월을 말없이 알려 주었다.

상상했던 모습과 달랐다. 나는 권연옥에게 그 유명세만큼 압도적인 카리스마를 기대했었다. 이를테면, 혼마치 한복판에 알전구를 주렁주렁 매단 멋진 바에서 커피차를 음미하는 모습, 그러다 품 안에서 눈부신 총을 꺼내는 모습, 단발의 폭음과 함께 표적을 쏘는 모습을 그렸었다.

의열단이 언제든 목숨을 버릴 각오로 살아간다니, 소문처럼 수의가 될지 모르는 멋진 옷, 최후의 식사가 될지 모르는 풍요한 만찬, 거사 치를 무기를 떠올렸는지도 모르겠다.

"어떻게 도와주면 되겠습니까?"

현치건이 다시 묻자 권연옥은 낡아빠진 손목시계를 들여다보았다.

"조금 있으면 트럭이 도착합니다."

창밖은 아까보다 더 어둑해졌고, 먼지 같은 눈이 날리고 있었다.

"운전수 옆에 현 선생이 타셔요. 경성을 빠져나갈 때까지 사업가 행세를 해 주면 됩니다. 검문소에서 어디 가느냐고 물으면 양계사업을 한다고 하셔요. 일꾼들을 데리고 원주로 씨암탉을 구하러 가는 중이라고."

"인천항이 아니라 원주입니까?"

"그쪽은 퇴로가 아주 막혔습니다."

"동해항으로 빠져나갈 계획이겠군요. 블라디보스토크가 목적지입니까?"

갑자기 권연옥은 입을 다물었다. 그가 빤히 쳐다보기만 하자 현치건이 "들어오다가 경리가 통화하는 말을 들었습니다."라고 의심을 풀어 주었지만, 권연옥이 다시 입을 연 것은 한참 만이었다.

"생김새는 하나도 닮지 아니하였다고 생각했더니, 방금은 꼭 오빠 같아서…."

그러고는 붉어진 눈가를 슥슥 문지르고 역으로 물었다.

"무슨 일이었는지 묻지 않습니까?"

현치건이 주저하는 모습이 한눈에 보였다.

지켜보는 나 역시도 알고 싶은 마음과 휘말리지 아니하고픈 마음이 반반이었다.

"알아도 되는 일입니까?"

현치건이 조심스럽게 묻자 권연옥이 가볍게 고개를 끄덕였다.

"알아야 하는 일입니다."

권연옥은 작심한 듯 망설이지 않고 말을 이었다.

"밀정을 처단했습니다. 상해에서 10년 넘게 우리 식구로 지냈던 자입니다. 뒤로는 상해 일제 총영사관에 우리 움직임을 보고해 왔지요. 8년 전 3월에 수색을 피해 숨어 있던 오빠… 현노건의 위치를 팔아넘긴 사람이 그자입니다. 당시에 여기 한얼의 부모도 발각되어 죽임을 당했지요. 일제 경찰에 순순히 잡혀가지 않으려 총을 들었다가 사살되었습니다."

나는 한얼을 돌아보았다. 그는 눈을 부라리며 "뭐이, 부모 없이 자랐다니 불쌍해 보이네?" 하고 쏘아댔지만, 나도 할 말은 있었다.

"저만 그런 줄 아나?"

우리끼리의 도발은 신경도 쓰지 않고 권연옥이 다시 물었다.

"지난여름 동아일보에 일어난 일을 알고 있습니다. 사진에서 일장기를 지웠다고 고등경찰에 끌려가 고초를 당하셨지요?"

"그 사건이 무슨 관계입니까?"

현치건이 눈썹을 꿈틀 움직였다.

"설마 나를 지켜보고 있었습니까?"

그러자 권연옥의 입가에 옅은 미소가 스쳤다.

"오빠가 한평생 자식처럼 건사하고 싶어 한 막냇동생이니까요."

표정은 금세 사라졌다.

"사회부장이자 주필인 현치건, 체육부 기자 이문용, 사진부장 신세호, 사진부 화가 이진범, 그 외 다수. 그리고 이제 송진우 사장까지. 한글 신문사에서 단번에 기자들이 그리 쓸려나간 사건이 있습니까? 일장기 삭제 건은 명분이었을 뿐이지요."

"그 정도는 이미 알고 있지만…."

"그 계략을 꾸민 이가 아시는 대로 경기도 경찰부 보안과장 홍세혁입니다. 8년 전 상해에서 의열단의 명단을 일본 영사관에 넘긴 밀정."

낯이 푸르게 변한 현치건이, "내가 겪은 사건으로 홍세혁을 찾아냈습니까?" 하고 물었다.

"그래요. 현 선생이 고초당한 일을 조사하다가 오히려 내 쪽에서 당황했습니다. 나와 한얼이 알고 있던 얼굴과 홍진혁이란 이름. 이 땅에서 현 선생을 괴롭힌 얼굴과 홍세혁이란 이름. 같은 사람이었습니다.

홍진혁이 상해에서 소리 소문 없이 사라져 이때까지 우리는 그가 일제 경찰에 끌려간 줄로만 알았습니다. 어디서 죽었겠거니 애통해했지요. 그런데 현 선생의 일로 조사해 보니, 그는 신분을 속이고 의열단에 잠입한 일제 경찰이었습니다. 그래 나는 이것이 하늘에 있는 오빠가 내게 할 일을 가르쳐 주었다고 생각했어요."

한동안 말이 없던 현치건은 건물 안에서도 거슬릴 만큼 털털거리는 엔진 소릴 듣고 입을 열었다.

"명색이 보안과장인데, 그가 없어진 줄 알면 고등경찰

계가 뒤집어지지 않겠습니까? 애먼 사람들이 피해를 보진 않을지…."

"대외적으로는 유서를 남기고 자결했다고 밝혀질 겁니다. 동소문 밖 미아리 키 큰 나무 아래서 발견되겠지요."

"형님의 묘가 있는 곳이군요."

권연옥은 밝게 미소 지었다. 자리를 털고 일어나는 그가 그전과 또 달라 보였다.

밖이 환해졌다. 트럭이 속도를 줄여 몸이 앞쪽으로 기울었다.

"止まれ! (멈춰!)" 하는 말소리와 손바닥으로 쾅쾅 두드리는 소리가 나서야 현실감각이 조금 돌아왔다. 꿈꾸듯 되새기던 오늘의 기억과 쏟아지는 졸음을 떨쳐내려 애를 쓰는 와중에 검문소를 지키는 군인이 짐칸의 포장문을 불쑥 들어 올렸다.

"どこまで行くのですか? (어디까지 갑니까?)"

"ウォンジュまで行きます (원주까지 갑니다.)"

앞칸에서 경찰과 현치건의 대화가 오가는 동안 웅크린 한얼과 나를 번갈아보던 군인이 짧게 말했다.

"二人なのか？降りて (둘인가? 내려.)"

호의적인 말투가 아니었다.

"ウォンジュには何で行くんですか? (원주에는 무슨 일로

갑니까?)"

트럭 앞쪽 군인이 묻자 현치건은 준비한 대로 "私は養鶏業を準備中です。シャモを探しに行きます。(내가 양계업을 준비 중입니다. 씨암탉을 구하러 갑니다.)"라고 얘기했다.

둘렀던 담요를 걷고 트럭 아래로 내려가려는데, 앞쪽 군인이 또 "え？ この冬に？ シャモが凍えて死なないか？ (아? 이 겨울에? 씨암탉이 얼어 죽지 않겠소?)" 하고 묻더니, "おい、田中！お前んち、養鶏業やってたって言ってたろ？ (어이, 다나카! 너희 집이 양계업을 한다고 했었지?)"라며 부하를 불렀다.

내 앞에 가던 한얼이 멈칫했다. 찰나에 오만가지 물음이 머릿속에 떠올랐다.

'저 이상 물으면 어쩌지? 현치건이, 평생 펜대만 잡았던 이가 닭을 아나? 대답을 못 하면? 들키면?'

오금이 저려왔다. 앳된 안경잡이 군인이 짐칸 뒤편으로 뛰어갔다.

안쪽을 흘끗 돌아보았다. 이동식 닭장과 그보다 더 안쪽 나무판이 보였다. 아직 아무 일도 일어나지 않았다. 그러나 심장 쿵쾅대는 소리가 고막을 뚫고 나올 것 같았다.

"ご存知の通り、鶏は暑すぎても死なず、寒すぎても死なないんですよ。(아시다시피 닭이 더워서 죽지, 추워서 죽지는

않습니다.)"

현치건이 둘러댔다.

"そうなのか' 田中? (그러냐, 다나카?)"

앞쪽 군인이 묻자 안경잡이가 "はい! (네!)" 하고 답했다.

"しかし' 京城近郊でもシャモを手に入れられるだろうに' わざわざウォンジュまで? (그런데 경성 근교에서도 씨암탉을 구할 수 있을 텐데, 굳이 원주까지?)"

현치건이 다음 물음을 상대할 때 한얼과 내가 내린 짐칸에도 군인 둘이 올라탔다. 우리 앉았던 바닥, 뼈대와 방수포 지붕 사이를 손으로 샅샅이 훑다가, 그중 하나가 나무판을 똑똑 두드렸다. 안쪽이 빈 소리가 났다.

"レグホン種と朝鮮の鶏を交配して生まれた新しい品種だそうです。(레그혼 종이랑 조선 닭을 교배한 새로운 품종이라고 해서요.)"

현치건에게서 술술 답이 나와 나는 의아했다.

"卵の生産用ですか? (산란계입니까?)"

안경잡이가 아는 척을 하자 이번에도 역시 현치건은 "卵の事業が目的ではありますが' 肉質を良くして肉鶏も売ってみようかと考えているんです。(계란 사업이 목적이긴 한데, 육질을 좀 좋게 해서 육계도 팔아 볼까 하는 것이지요.)" 하고 그럴듯한 답을 내놓았다. 닭에 대해 모르는 나 정도는 깜빡 속을 만했다.

그새 짐칸에서는 군인 둘이 나무판에 달린 손잡이를 잡아당기느라 진땀을 빼고 있었다.

“おい´ここに何が入ってたんだ？なんでこんなに硬いんだ? (어이, 여기 뭐가 들었어? 왜 이렇게 빡빡해?)”

좀 더 덩치가 큰 쪽이 끙끙대며 물었다.

심장이 졸아붙었다.

“それ´それは… (그, 그게….)”

기어이 뚝 하고 한 귀퉁이가 떨어져 나갔다.

“通行証。(통행증.)”

앞쪽에선 군인의 요구대로 현치건이 야간 통행증을 내밀고 있었다.

짐칸의 나무판은 이제 뚝! 투둑! 하고 반대편 귀퉁이가 떨어져 나갔다. 완전히 떨어져 나가 속이 드러나자 군인들이 “え? (응?)” 하고 물러났다. 그들이 신은 군화 사이로 녹슨 공구가 우르르 쏟아졌다.

한얼이 긴장한 표정을 풀고 픽 웃었다.

“合板をどうやって再接着すればいいですか? (합판 어떻게 다시 붙이게요?)”

묻는 그의 말투가 다시 간담을 서늘하게 만들었다. 다행히 사투리 섞인 말투를 알아채지 못한 군인들이 자기들끼리 뭐라 중얼거리다가 짐칸 밖으로 훌쩍 뛰어내렸다.

"それ あんな風にしておいて ただ行けってことですか? (저것, 저렇게 해놓고 그냥 가라고요?)"

이번에는 내가 놀란 척 비아냥댔다. 한얼이 어깨를 툭 치며 웃는 얼굴을 감췄다.

트럭이 다시 출발했다. 검문소를 지나 한 시간 정도를 달리고 나서 불빛도 없는 나무숲에 멈췄다. 트럭운전수가 경기도 광주군 서부면이라며, 기차역까지는 산길을 좀 걸어서 내려가야 한다고 말했다. 현치건이 운전석과 조수석 뒤편 공간에 붙였던 나무판을 떼어냈다. 어깨를 움츠리고 완전히 앉지도 눕지도 못했던 권연옥이 밖으로 나와 찬 공기를 양껏 들이마셨다. 하얀 입김이 캄캄해진 밤하늘에 퍼졌다.

"고맙습니다."

그가 현치건에게 손을 내밀었다.

"아니, 내가 더 고맙습니다."

이별을 고하는 그 손을 현치건도 마주 잡았다.

내 어깨를 툭 치기에 돌아보니 한얼이 빙글빙글 웃고 있었다.

"나랑 신발 바꿔 신으라."

"응?"

"오밤중에 산길을 걸으려면 군화가 낫지 않겠어?"

그러고 보니 이 외진 길을 이제부터 걸어가야 했다.

한얼은 군화를 먼저 벗어 거의 던지다시피 주고는, "이런 일에 휩쓸리면 차라리 피하지 말고 올라타라. 내 팔자랑 진배없는 것 같으니." 하고 내 신발을 벗겨 갔다.

트럭이 탈탈거리며 언덕 너머로 사라진 뒤 현치건과 나는 무작정 걸었다.

"궁금한 게 있는데, 닭에 대해 원래 좀 아셨어요?"

내가 묻자 그가 대답했다.

"신문사 잘리고 글만 써서 먹고살기 어려우니 양계업을 준비하던 중이었는데… 권연옥이 어떻게 그것까지 알았을까."

목소리가 잠겨 있었다. 함께 걷다가 그가 뒤처졌지만 그냥 두었다. 중년 남자가, 그것도 한 가정의 가장이며, 이름난 신문사의 사회부장이란 직함까지 가졌던 남자가 목메어 우는 모습을 모르는 척 묻어 주고 싶었다.

삼촌의 사진관에 도착하였을 때는 만 하루가 지난 정

오였다. 삼촌은 사진관 안을 정신머리 없이 왔다 갔다 하다가 내가 나타나자 긴 의자에 털썩 주저앉았다.

"돌아간 너의 엄마가 꿈속에 나타나서 나를 죽이려고 했다."

괜찮으냐고 물으며 쫓아오는 삼촌에게 대거리도 하지 않고 문간방에 들어갔다. 기진맥진해서 눕자 생전 그런 적 없던 삼촌이 베개를 베어 주고 배 위에는 이불을 덮어 주었다.

"어디서 난 군화야?"

삼촌이 신발을 벗기려 들었지만, 나는 내버려 두라는 말만 하고 잠이 들었다.

잠이 참 달고 쌉쌀했다.

작가의 한마디

기회가 되면 문인이며 독립운동가였던 현진건과 그의 형 현정건, 그리고 현정건의 연인이었던 현계옥을 기리며 글을 써 보고 싶었다.

현정건은 임시정부에서 활동한 독립운동가로 건국훈장을 추서받은 분이다. 현계옥은 조선 최고의 기생이었으나, 현정건을 따라 상해로 건너가 의열단이 되었다. 현정건은 일제 경찰에 체포되어 3년간 투옥되었다가 풀려난 후 사망했다. 현계옥의 거취는 알려지지 않았다. 「피와 로맨스」는 현정건의 사후 현계옥을 상상하다가 적게 된 결과물이다.

제대로 청산하지 않은 과거가 독립유공자의 빈곤으로 이어졌다는 사실이 내내 참담하던 차에 이 책의 수익금 일부가 한국해비타트 독립유공자 후손 주거환경개선사업에 기부된다는 소식을 들었다. 출판사의 좋은 기획에도 감사하며, 기꺼이 모자란 글을 읽어 주시는 독자분들에게 감사드린다.

절망絶望과 열정熱情의 시대時代

백호서낭반혼전

홍지운

"아비는 105인 사건으로 죽고, 어미는 만세운동으로 죽고?"

아이는 대수롭지 않다는 듯 고개를 끄덕였다. 승복 차림에 까치집 머리를 한 사내는 만족스러운 미소를 지으며 곰방대를 물었다.

"옳다. 너 띠는 어떻게 되느냐?"

"범이오."

사내는 너털웃음을 짓고는 자신의 더벅머리를 쓰다듬었다. 범띠면 열넷이라. 점점 마음에 드는 계집아이로다.

사내는 앞의 그릇에 빈대떡을 덜어주었다. 아이는 한입에 홀랑 집어삼키고는 입가를 닦았다. 밥까지 있었으면 좋았겠으나 야밤의 종로경찰서 앞에서 뭐라도 먹을 수 있는 곳은 선술집밖에 없었다.

아이의 검댕으로 가득한 얼굴은 며칠을 굶었는지 볼이 홀쭉하게 들어가 있었고 다 해진 치마는 몇 번을 기웠는지 원래의 천이 무슨 색이었을지조차 구분하기 어려울 지경이었다.

사내는 아이의 다른 조건들도 다 만족스러웠지만 특히 더 혹한 부분이 있었다. 요 며칠간 아이는 순사에게 그렇게나 시달렸음에도 그 눈빛에 화로 안의 숯처럼 열기를 품고 있었다. 사내가 하고자 하는 일에는 그만한 담력이 필수였다.

“그래. 호랑이 먹이가 되는 값으로 20원이면 정말 족하겠는가?”

아이는 고개를 끄덕이려다가 계산을 다시 맞춰보았다.

“제가 먹히기 전에 포수님들이 범을 잡아도 20원은 그대로가 맞습니까?”

“음?”

“제 사지가 멀쩡하니 미끼 노릇을 못했다고 값을 안 쳐주는 것은 아니지요?”

“맞지.”

“그렇다면 됐습니다.”

아이는 입을 앙다물고는 고개를 끄덕였다. 거래가 성사되자 사내는 가사를 벗은 다음 아이에게 둘러주었다. 가사는 사내의 체구에 맞게 커다란지라 아이는 마치 이불을 뒤집어쓴 것처럼 보였다.

“살아만 와 봐라. 어디 20원으로 끝내겠느냐? 범 잡고 가죽을 벗긴 다음에 간 떼다 쓸개 떼다 얹어줄 텐데.”

아이는 대꾸하지 않았다. 아무래도 호랑이에게 잡아먹히기는 이미 주어진 팔자라고 받아들인 모양이었다.

"얘. 너 걱정 말라. 공자 왈, 가정맹어호苛政猛於虎라. 세상 무서운 것 천지에 범은 그나마 덜하지 않니."

"걱정도 않고 무섭지도 않으니 스님이나 염려하지 마십시오."

아이가 팽, 콧방귀를 뀌고는 고개를 돌리자 사내는 그만 웃어 버리고 말았다.

"너는 아비와 어미가 순사 나리에게 잡히는 혹정으로 그 꼴이 났는데 이 세상이 무섭지가 않으냐?"

"혹정이 무어 무섭습니까? 혹정은 무서운 게 아니라 더러운 겁니다. 스님은 길가에 질펀하게 싸질러진 똥을 보고 눈썹을 찌푸리면 그게 똥이 무서워서입니까? 어리석고 못난 것들이 권세를 잡았다고 어리석고 못나지 않게 되는 것이 아닙니다. 오히려 더 무식해지고 모자라지는 것입니다. 그런 놈들에게 무섭다, 무섭다해 주면 자기들이 진짜로 무섭고 뭐라도 되는 줄 알고 콧대가 높아지다 더 큰 업보를 쌓는 노릇이니 스님께서는 허튼소리일랑 꺼내지도 마십시오. 더러운 놈에게는 더럽다고 해 줘야 옳은 말이지 않습니까."

사내는 아이가 맹랑하게 따지는 모습을 보고서는 방금

전보다 더 크게 웃어 버렸다. 혹여나 아이가 어디 술이라도 잘못 마신 게 아닌가 앞을 살펴봤지만 그런 기색은 없었다.

사내는 아이의 세상 무서운 줄 모르고 맹랑하며 자신만만한 태도가 딱 마음에 들었다. 이번 일에는 정확히 이런 건방이 필요했기 때문이다.

"그러면 범도 무섭지가 아니하냐?"

"범이 무서울 건 또 무엇입니까? 물론 호랑이라는 것이 덩치가 크고 힘도 센 데다 이빨까지 날카로우니 경계할 일은 맞겠습니다만, 그가 사람을 잡아먹는 것이야 본디 그렇게 태어난 탓이 아니겠습니까? 사람도 아니고 짐승이 짐승으로 태어나 짐승처럼 구는 일은 순리에 맞는 일이니 무섭지 아니합니다."

아이가 또 일장으로 길게 연설을 하자 사내는 다시 상을 치며 웃어대기 시작했다. 아이는 사내가 구는 꼴이 자신을 어수룩하게 보는 것 같아 영 마음에 들지 않았다.

"아이야. 너는 순사도 범도 무섭지가 아니하면, 그래, 세상에서 무엇이 제일 무서우냐?"

아이는 샐쭉 입술을 내밀고서 무어라 답을 했다. 사내는 그 대답을 듣고서는 아예 바닥에 쓰러져서 갈갈갈 웃다가 그만 숨까지 넘어갈 뻔했다.

다음 날 정오, 사내는 아이를 을지로의 한가운데에 위치한 작은 병원인 산리의원으로 데리고 갔다. 병원 응접실 곳곳에는 꿩이나 늑대 따위의 박제가 놓여 있었다. 아무래도 여기저기서 재산 깨나 모아 놓은 집구석으로 보였다.

아이는 사내와 함께 서양식 의자에 앉아 원장이 돌아오기를 기다렸다. 사내가 곰방대를 물고서 산만하게 병원 곳곳을 살펴보는 사이, 아이는 눈을 감고서 얌전히 앉아 있었다.

"어, 자넨가? 일찍 왔구만."

원장은 사내가 심심해서 늑대 박제의 입에 자신의 모가지를 들이밀고 있을 때가 되어서야 병원에 들어왔다. 원장은 서른도 되지 않아 보이는 얼굴에 포근하게 미소를 지으면서 양장에 안경까지 쓴 태까지 고급진 차림새를 하고 있었다.

사내는 원장이 돌아오자 펄쩍 뛰어올라 그 앞에 가서는 시종 굽신굽신거리면서 비굴하게 들러붙기 시작했다.

"박 도사. 이 아이가 우리의 무동舞童이 될 아이인가?"

"네, 원장님. 그렇습죠. 아주 똘똘한 놈으로다가 구해 왔습니다."

박 도사라 불린 사내는 아이의 손을 강제로 끌어다가 원장 앞에다 대령했다. 원장은 시원하게 웃으면서 아이에게 인사했다.

"반가워요. 저는 이 산리의원의 원장인 윤평호라고 합니다."

아이는 떨떠름한 표정으로 윤 원장에게 목례했다. 박 도사는 혀를 차고서는 아이의 뒤통수를 붙잡아다 강제로 짓누르며 아이가 윤 원장에게 고개 숙여 인사하는 모양새를 만들었다.

"아이고, 원장님. 이 녀석이 숫기가 없습니다요. 그래도 이 꼬마가 말입니다. 담은 큰 것이 이번 일에 딱 맞는 인재됩니다. 이래 보여도 경성에서 제일 지독한 소매치기 일당의 두목이 아니겠습니까? 자기처럼 고아인 녀석들을 모아다가 지갑이나 가방을 훔치는 훈련까지 시켜 곳곳을 털어대니, 순사님들이 요놈을 잡겠다고 아주 눈에 불을 켜고서는 찾아다녔습지요."

"허어. 박 도사. 이 대단한 의적 나리는 어디에서 모셔왔나?"

"어디긴 어디겠습니까. 한 주 전에 순사에게 붙잡힌 것을, 이 땡중이 눈여겨보고서는 경찰서에 달래고 보채가며 꺼내왔습죠."

아이는 미간을 찌푸렸다. 자신이 소매치기라는 사실보다는 소매치기를 하다 잡혔다는 사실이 싫었기 때문이다.

"범 포수들은 다 모았고?"

"아휴, 물론입니다. 범 포수들은 요청하신대로 야마모토 정호군에 속한 적 없던 재주꾼들로 골랐습죠. 다만 이래저래 가려 받다보니 총 쏘는 솜씨는 좋아도 성질이 불량한 면이 있습니다만, 그 부분은 제가 알아서 해 보겠습니다."

"좋네. 서재에서 이야기를 하지."

"얘야. 여기 신문의 사진을 봐 보려무나."

윤 원장은 서재의 책상에서 신문 한 부를 들어다가 아이에게 건넸다. 신문에는 호랑이의 시체와 그 옆에 총을 들고 있는 포수 그리고 긴 수염을 가진 남성의 사진이 실려 있었다. '일본 남아의 기백. 정호군, 호랑이 두 마리 포획'이라는 제목의 기사였다.

아이는 윤 원장이 건넨 신문을 읽었다. 아이는 글을 읽을 줄 알았다. 윤 원장은 의외라는 표정으로 하면서도 아이에게 설명을 덧붙였다.

"사진의 인물은 야마모토 타다사부로라는 나리킨이다. 조선총독부가 해수 구제 사업을 크게 펼치자 본토에서 호랑이 사냥을 하겠다며 거금을 들고 왔지. 너도 들어본 적 있니?"

"아니요."

"그렇구나. 조금 더 설명을 해 볼까. 이 사람은 호랑이 사냥을 위해 조선에서 내로라하는 포수들은 모두 긁어모아 야마모토 정호군征虎軍이라는 조직을 창설했단다. 그러고는 기자와 수행원을 대동하여 정호군이 범을 잡는 모습을 과시하고 제국주의의 위세를 드높였지. 고원에서 영흥 그리고 천태산까지, 팔도 곳곳에서 말이다."

윤 원장은 책상에 올려놓은 신문기사를 헤집으며 정호군의 활약상에 대해 하나하나 짚어 주었다. 하지만 그 표정은 결코 밝지 않았다.

"이 야마모토 타다사부로는 조선의 포수를 수십 대동해서 다녔던 주제에 자신이 가토 기요마사와 같이 용맹한 무사라고 떠들고 다닌다. 고작해야 전쟁 덕분에 반짝 떼돈을 번 나리킨 주제에 말이지."

윤 원장은 내지에서 온 일본인이 조선에서 활개치고 다니는 사실이 분한지, 차분하게 목소리를 내는 사이에도 입술 끝을 파르르 떠는 모습까지는 숨기지 못했다.

아이는 자신에게 주어진 임무가 무엇 때문인지 짐작할 수 있었다. 윤 원장은 자신이 제2의 야마모토 타다사부로가 되길 목표로 하고 있었으며 아이는 그가 사냥할 호랑이가 탐낼 미끼로 고른 것이라고.

"맞다. 나는 오로지 조선인으로만 이루어진 조선 정호군을 만들 셈이야. 그래서 내가 범사냥을 잘 아는 박 도사에게 자문을 구했더니, 제대로 호랑이 사냥을 준비하기 전에는 무동과 굿을 하는 것이 전통이라 하지 않니. 나는 네가 그 무동이 되어 주길 바란단다."

"알겠습니다. 호랑이 먹이가 되는 값으로 20원이면 저도 족합니다."

아이의 천연덕스러운 한마디에 윤 원장의 얼굴에서 미소가 싹 사라졌다. 윤 원장은 매서운 눈으로 박 도사를 노려보고는 고함을 쳤다.

"이보게, 박 도사! 호랑이 먹이라니 그게 무슨 몹쓸 말인가?"

"허, 참. 이 꼬마를 호랑이 사냥 무동으로 데려왔는데 이렇게 호랑말코일 줄이야. 원장님, 제가 감히 원장님께서 큰일을 도모하시는 데 초를 칠 위인이겠습니까? 무동으로 삼을 아이는 담이 크고 기개가 있어야 하기에, 이 일이 호랑이한테 잡아먹히는 일이라고 겁을 줘 봤을 뿐입니다. 이 아이는 그 시험에 통과했지요."

박 도사는 곤란하다는 듯 고개를 조아리며 연신 윤 원장에게 굽실거렸다. 윤 원장은 윤 원장대로 노한 목소리로 박 도사에게 호령하며 다시는 그런 망령된 소리를 하지 말라 꾸짖었다.

"얘야. 미안하다. 박 도사의 농지거리는 신경 쓰지 말거라. 내가 내지에서 온 나리킨이 조선을 헤집고 다니면서 총독부에 으스대는 꼴이 미워 이 일을 준비했거늘, 어찌 어린아이를 호랑이 먹이로 바치면서 사냥을 하겠니?"

"제가 호랑이 먹이가 되면 받는다던 20원도 농지거리입니까?"

아이의 표정이 굳었다.

"아니다. 무동이 받을 삯 20원은 이미 마련해 놓았지."

아이의 표정이 풀어졌다.

"이 일이 위험한 것은 맞다. 우리가 잡을 호랑이부터가 정호군도 피한 무시무시한 놈이니까. 애초에 정호군이라는 놈들은 조선 땅에서 가장 약하고 작은 범만 찾아다녔다지 않니. 그래서 조선의 남아들이 내지의 한량에 그 기개가 지지 않음을, 오히려 더 강인함을 보여 주고자 내가 박 도사를 불러 이 일을 준비한 것이고. 그래서 삯을 20

원이나 마련했지."

윤 원장의 얼굴에 미소가 다시 돌아왔다.

"하지만 야마모토 정호군에 다친 사람은 있어도 죽은 사람은 없었다. 호랑이 사냥에 직접 나서는 범 포수조차 그러한데, 사냥에 앞서 굿을 올릴 때 필요한 무동이 위험해질 일이 뭐 있겠니. 만약 무슨 사고가 일어나도 내가 꼭 너를 지켜줄 터이니 염려하지 말거라."

윤 원장의 설명에도 아이의 표정은 이전과 별다를 바가 없었다. 죽을 줄 알았던 목숨이 살아난 셈인데도 이리 굳세다니. 윤 원장은 박 도사가 데리고 온 이 아이가 범상치 않음을 짐작하는 동시에 의문을 하나 떠올렸다. 일가친척도 없는, 자신의 목숨조차 가벼이 생각하는 아이가 어떤 연유로 20원에는 그리 집착을 한단 말인가?

"저를 따르던 동생들은 제가 감옥에 가면 배를 곯다 죽습니다. 제가 감옥에 가는 대신 호랑이 먹이가 되어 죽으며 20원을 구하면 앞가림을 할 나이까지 배를 곯지 않을 수 있습니다. 그렇다면 해봄 직한 장사 아닙니까?"

아이는 당연한 걸 묻는다는 눈빛이었다.

"옳다. 과연. 박 도사가 백호산군을 잡으려면 기가 센 무동을 두고 굿을 해야 한다고 우기는 모습이 양학을 배운 내 입장에서는 영 탐탁지 않았는데, 너의 언행과 자세를 보니 제법 납득이 가는구나."

"그렇습죠. 백호산군은 조선팔도에서 가장 날래고 가장 큰 범입니다. 어디 굿 하나 없이 잡는 것이야 애당초 말이 안 되고, 아무런 경계 없이 숲부터 들어가면 바로 동티가 날 일입니다. 무엇보다 범 포수들의 사기가 이만저만 떨어지는 게 아닐 테고 말입죠."

박 도사가 또 굽실거리며 윤 원장에게 다가가 그 비위를 맞추려고 들자, 윤 원장은 성가시다는 듯 팔을 저어 박 도사를 뒤로 물러나게 했다.

윤 원장은 내심 양학과 의술을 배워 과학적 태도를 갖춘 자신이 박 도사의 말을 듣고 굿판을 준비하는 것이 불만스러웠다. 하지만 윤 원장은 삼일 정호군에 박 도사를 제하기에는 호랑이 사냥에 대해 아는 바가 없었고, 아는 범 포수나 그들을 소개받을 수 있는 연줄도 없었다.

그렇다고 윤 원장은 야마모토 타다사부로가 조선땅에서 활개치고 다니며 일본 제국의 위대함을 칭송하는 모습을 잠자코 견뎌줄 수도 없었다. 약간의 미신적인 행위를 아직 계몽이 되지 않은 범 포수들을 위한 유희라 생각해 참고 넘어가는 것은, 야마모토 타다사부로와 정호군이 활개치고 다니는 모습을 참고 넘어가는 것에 비하면 훨씬 쉬운 일이기도 했다.

"새하얀 백호의 가죽이라면 덴노도 만족하겠지. 다른 범 가죽이나 노루의 박제 따위야 새로이 감탄하기는 어려울 게야. 조선의 기개를 보여 주는 거다."

윤 원장은 혼잣말로 중얼거리고는 박 도사에게 몇 푼 쥐어준 채 아이와 함께 밖으로 내보냈다.

박 도사는 여관방을 잡은 뒤 아이에게 이틀 뒤 출발할 터이니 그 사이 정리할 일들은 다 정리해 놓길 권하고 술집을 찾아 떠났다. 아이는 태어나서 처음으로 여관방의 두터운 이불을 뒤집어 쓴 채 깊은 잠에 빠졌다.

"산이 빛난다."

아이는 눈앞의 풍경을 바라보며 자기도 모르게 혼잣말을 흘리고 말았다. 아닌 게 아니라 청명한 하늘 아래에서 산이 품고 있는 설원은 달처럼 햇빛을 반사하고 있었다.

산은 설원만 품고 있지 않았다. 몇몇 부분은 빽빽하게 숲을 이루고 있었다. 저 높이까지 자란 나무가 숲을 이루고 있다는 이야기는 저 근방은 벌채를 하기 어려울 정도로 험준하거나 호환이 잦다는 이야기이기도 했다.

아이가 처음으로 산리의원을 방문하고 일주일이 지난

뒤, 윤 원장과 박 도사가 이끄는 조선 정호군은 목표로 한 설산에 도착했다. 이런저런 채비를 하는 통에 출발일자가 자꾸 밀렸지만, 그래도 총을 제법 다루는 포수와 일꾼을 일곱 정도 모아서 범사냥을 할 수 있는 최소한의 무리를 이룰 수 있었다.

"다들 고생 많았다. 짐은 잘 담았나? 이제 곧 산에 오른다. 길이 가파르니 오줌통 비워 놓고 오시게."

박 도사는 일행을 채근하다가 자신도 커다란 나무 뒤로 가 한바탕 물줄기를 뿌리고 왔다.

산길에 오르기 전, 아이는 눈을 감고 숨을 크게 들이쉬었다. 차가운 공기가 코를 마비시키면서 겨울의 향기가 한가득 폐에 차올랐다.

윤 원장과 박 도사는 선두에 서서 일행을 이끌었다. 무언가 울부짖는 소리가 산 너머에서 들려오는 것 같았다. 하지만 조선 정호군의 누구도 그에 대해서 무어라 말을 얹지 않았다.

"이 돼먹지 못한 놈들! 여기가 어디라고 더러운 발을 들이미느냐?"

윤 원장은 놀란 얼굴로 산의 입구를 바라보았다. 그곳에는 얼굴에 주름이 기괴하게 파인 노파가 새하얀 장옷을 뒤집어쓰고서 성난 눈빛으로 조선 정호군을 노려보고 있었다.

노파는 뒤춤에서 무언가를 빼어다 던져 윤 원장의 머리를 맞혔다. 윤 원장은 불쾌한 기분으로 자신을 맞힌 물건이 무엇인가 들여다보았다.

"에그그, 이게 뭐람!"

"멧돼지 대가리 뼈 아냐?"

박 도사는 윤 원장이 던진 뼈를 받아다 살펴보고는 껄껄 웃어 버렸다. 조선 정호군 일행은 자신들의 고용주인 윤 원장이 웬 노파에게 봉변을 당하자 어떻게 해야 하나 당황했으나 박 도사의 반응을 보고 긴장을 풀었다.

"도적놈들이 총을 들고서 엄한 곳을 들쑤시고 다니냐!"

"할머님. 저희는 그런 사람들이 아닙니다. 저희는 조선 정호군이에요. 이 산에 범이 나와서, 그것도 백호가 나와 호환이 잦다는 이야기에 총독부의 해수 구제 사업을 따라 호랑이 사냥을 나온 것입니다."

윤 원장의 변명에도 노파는 여전히 분을 거두지 않았다. 아니, 이전보다도 더 거친 어조로 윤 원장과 그 일행을 힐난했다.

"네놈들이 총독부의 앞잡이라는 것이 자랑이겠느냐!"

"총독부의 앞잡이가 아니라, 범이 나온다니 저희가 사람들을 살피고자…."

"아이고, 원장님. 여기부터는 저에게 맡기십시오. 어르신, 그만 진정하시고. 점심은 자셨습니까? 어디 뭐 떡이라도 드릴까? 어르신, 이분께서는 경성에서 아주 고명한 의원이십니다. 산리의원의 윤평호라는 신사이십지요. 어찌나 신사이신지, 이 산에 살고 있다는 백호산군을 잡아다가 이미 한라처럼 높은 명망을 백두로 높이시려고 왔습니다."

박 도사는 윤 원장의 앞을 가로막고서 노파를 달래려 했다. 노파는 뻣뻣하게 목을 세운 윤 원장과 달리 허리부터 굽히고 보는 박 도사의 태도를 보고 조금은 화를 누그러뜨렸으나 여전히 조선 정호군 일행을 업신여기는 모양이었다.

"퉷. 의원이라는 게 무어 대수냐. 의醫는 의疑다. 하지만 정작 자기가 누구이며 무슨 짓을 하고 있는지는 의심하지 못하니 이 얼마나 어리석은 일이냐. 큰 코를 다쳐봐야 정신을 차리겠구나."

노파는 혀를 찬 다음 침까지 뱉고서는 등을 돌린 채 산속 깊은 곳으로 들어갔다. 윤 원장은 노파의 불손하기 짝이 없는 어조에 화가 났으나 자신보다 훨씬 나이가 많은 여성에게 화를 내기에는 그의 체면이 있어 분을 삭이느라 모진 애를 써야만 했다.

"허. 액땜 한 번 시원하게 했습니다요. 원장님, 이거 길조입니다. 멧돼지 대가리 빼는 호서낭굿에도 쓰는 귀물입지요."

"자네도 내 비위를 맞추려고 그럴 거 없네. 노파가 일방적으로 화를 냈는데 액땜은 무엇이고 길조는 무엇이란 말인가?"

윤 원장은 박 도사의 말에 짜증을 내며 노파가 사라진 방향을 바라보았다. 박 도사는 고개를 저으면서 방금 일이 길조라는 자신의 주장을 반복했다.

"들어보십시오. 한고조께서 백사 한 마리를 베어 버린 일화가 있지 않습니까? 그때 한고조께서도 자신이 그 백사의 어미라는 노파를 만나 그에게 원망을 들으면서 적제의 아들이라는 호칭을 얻었지요. 이번도 그와 다름없는 일입니다."

윤 원장은 박 도사의 억지나 다름없는 고사 인용에도 화를 누그러뜨렸다. 박 도사는 더벅머리를 긁적이고는 뒤의 포수들을 다독이며 산길을 앞장섰다.

"이렇게 상인일上寅日에 범을 잡으려고 나섰다가 길조까지 만났으니 이번 사냥은 여간 대단한 일이 될 모양이야. 하지만 길조를 만난 것으로 사냥이 끝나지는 않지. 옛말에도 불입호혈부득호자不入虎穴不得虎子라지 않던가. 이

산에 살고 있다는 백호가 용맹하다고는 하나, 우리에게는 신식 총포가 있으니 겁을 먹거나 할 일도 아니라네. 자, 움직이자고. 우선은 중턱에 내가 아는 마을이 하나 있으니 그곳에서 끼니를 해결하세나."

⊛⊛⊛

정오까지 조금 남았을 무렵, 조선 정호군은 목표로 한 마을이 시야에 들어오는 곳까지 올랐다. 처음에는 무리를 이끌고자 선두에 섰던 윤 원장은 힘이 달려 후미로 뒤처졌고, 박 도사도 길이 거칠어진 곳부터 아이를 업고 오르느라 윤 원장의 옆에 있었다.

"도사님. 이거 심상하지가 않소."

선두에 섰던 포수가 박 도사를 채근하며 그를 앞으로 이끌었다. 박 도사는 포수가 바라보는 방향을 살피면서 무슨 일인가를 살폈다.

"밥 때가 되었는데 연기가 전혀 없군. 인영도 보이지 아니하고."

도사는 아이를 안정적으로 업고자 묶고 있던 포대기의 끈을 풀고는 마을까지 달려갔다. 도사는 빠르고 능숙하게 산을 탔다.

포수의 염려대로 마을에는 무슨 일이 있었음이 분명했다. 고작 초가집 몇 채가 전부인, 화전을 일구고 사는 작은 마을에 사람이 단 한 명도 없었던 것이다. 도사는 담장 안에 무턱대고 들어가 곳곳을 살폈으나 어디에도 인기척 하나 느껴지지 않았다. 그저 지독한 정적만이 감돌고 있을 뿐.

"바, 박 도사! 박 도사! 이리 와 보게!"

고요한 정적이 저 멀리서 들려오는 윤 원장의 외침으로 깨지고 말았다. 박 도사는 윤 원장의 다급하기 짝이 없는 목소리에 긴장하며 다시 조선 정호군 일행이 있던 곳으로 돌아갔다.

박 도사는 그곳에 도착하자마자 겨울의 설산답지 않게 후끈한 냄새를 맡았다. 뜨거운 피 웅덩이가 차가운 눈밭을 녹이면서 그 너비를 넓히고 있던 것이다. 짙은 비린내가 냉기로 마비된 코를 뚫고 뇌리에 직격했다.

"무슨 일입니까? 범한테 당한 사람이 있습니까?"

"아니야. 우리 중에는 아무도 다친 사람이 없어. 그저 이곳에 이렇게 피바다가 펼쳐진 걸 발견해서…."

박 도사는 포수들을 모아놓고 이 상황에 대해 의견을 나누었다. 호랑이인가? 아니다. 일반적으로 호환은 범의 발톱자국이나 피해자의 옷가지처럼 자취가 남기 마련이다. 하지만 여기에는 사냥감의 시체는커녕 아무런 잔해도 남지 않았다. 최소한 지금처럼 온기가 남을 정도로 피를 갓 흘린 것이라면 우리가 오는 길에 비명이라도 들었어야 한다.

마을 사람들이 한 일인가? 아니다. 발자국도 남기지 않고서 이런 일을 저지를 이유가 없다. 하지만 무슨 이유로 이렇게 피를 뿌려놓고 사라지겠느냐? 무엇보다 박 도사가 아는 마을이라고 하지 않았느냐. 이리 숭한 장난을 칠 일이 없다.

"이런. 굴각屈閣이로다!"

"굴각이라니, 도사가 허튼소리는."

박 도사가 더벅머리를 긁으며 굴각의 짓이라며 탄식을 내뱉으니 옆에 옹기종기 모여 있던 포수들은 일제히 박 도사를 타박했다.

"그대들은 범 포수라는 자들이 연암 선생께서 남긴 글조차 모르는가? 창귀 중에서도 굴각이 솥전을 핥노라면 그 집의 사람들은 허기를 느끼고서 주방으로 향한다지. 이 굴각이라는 놈은 그 외에도 다양한 수를 써서 사람들을 꾀어내네."

"함은, 도사가 보기에 마을 사람들이 사라지고 피 웅덩이가 나타난 것이 창귀의 노릇이란 말이오?"

"하지만 그것 말고서 어디 앞뒤가 맞는 노릇인가? 굴각이 사람들을 꾀어낸 것을 범이 물어다 나무를 타고 자기 굴로 돌아갔음이 분명하네."

"한 명도 아니고 마을 사람들을 통으로 물어갈 범이 있겠소?"

박 도사와 포수들이 옥신각신하는 사이, 아이는 고개를 돌려 윤 원장을 바라보았다. 윤 원장의 낯빛은 하얗게 얼어붙어 설산의 일부로 녹아든 것만 같았다.

"박 도사. 박 도사 말대로 이게 호랑이 짓이라면 우리가 쫓아가야 하는 거 아닌가? 사람이 잡혀간 것이라면 우리가 구해야 하지 않나?"

윤 원장은 아이의 시선을 느낀 뒤에야 정신을 차리고서 의견을 꺼내었다. 하지만 그에 대해서는 이제까지 이 상황이 호랑이의 짓이 아닐 것이라고 주장하던 포수들까지도 질색하는 모양이었다.

"원장님. 당장은 어렵습니다. 범이라는 놈은 영악하기가 비할 데 없는 영물입니다. 사람을 물어갈 때 뒤에서 누가 쫓아오면 한 명을 더 잡아먹겠다고 되레 덤벼들기까지 하는 것이 호랑이입니다. 아직 산길을 다 알지 못하는 지금은 함부로 다닐 때가 아닙니다."

"애초에 저희가 사냥에 앞서 무동을 데려다가 굿을 하

는 이유도 마찬가지입니다. 굿을 해서 소란을 피우고서 난리를 치면 호랑이가 무슨 일인가 궁금해서 마을까지 내려오고는 합니다. 가능한 사냥하기 유리한 지형으로 놈을 꾀어내기 전까지는 위험을 감수하기 어렵습니다."

텅 빈 마을에 누군가가 흘린 피로 가득한 웅덩이까지. 아무리 생각해도 예사롭지 않은 모습이었다. 윤 원장은 결국 포수들의 말을 따라서 일단 마을에서 잠깐 상황을 파악하기로 했다.

박 도사는 아이를 다시 업었다. 아이는 박 도사의 얼굴에서 잠깐 서글픈 눈빛이 스쳐지나가는 것을 보았으나, 아주 짧은 순간의 일이었기에 자신이 본 것이 실제로 일어난 일인지도 확신하지 못했다.

그날 밤, 조선 정호군은 마을에서 가장 큰 집 담장 안에다 진을 치고서 마당에 모닥불을 피웠다. 원인을 알 수 없는 변고가 있던 만큼, 각자 다른 집에서 따로 잠드는 것은 위험하다고 판단했기 때문이었다.

포수들이 내일의 사냥을 준비하기 위해 총이나 올가미 따위를 점검하는 사이, 윤 원장은 얼큰하게 취한 채 모닥

불 앞에 앉아 무어라 알아듣기 힘든 노래를 흥얼거렸다.

"저것이 무슨 가락이랍니까?"

"너는 잘 들을 일이 없겠구나. 일본 군대에서 부르는 군가들이 저렇지."

아이는 괜히 박 도사에게 말을 건넸다. 낮에 박 도사가 자신을 업기 전에 지었던 표정이 신경 쓰였기 때문이다.

"가사가 왜놈 말이라서 네가 못 알아들었구나. 어디 보자…. 조선 남아의 담력… 루스벨트… '호랑이여 오거라' 인가."

"호랑이여 오거라?"

"음. 야마모토 정호군이 부르던 노래라지. 원래 가사는 조선 남아가 아니라 일본 남아지만 말이다. 원장님께서는 그놈이 여간 미운 게 아니신가 보다."

박 도사는 모닥불에 갓 구운 감자를 꺼내고는 입김을 불어 식히면서 아이의 질문에 대답했다.

아이는 박 도사의 낯빛을 살펴보았다. 아무래도 항상 웃고 있어서 그 안의 진의를 찾아내기가 쉽지 않았다.

"이렇게 불을 피우고 노래까지 불러대면 호랑이가 경계하지 않습니까? 원장님이 저래서는 안 될 텐데요."

"염려하지 말거라. 애초에 범 포수 하나나 둘이 하는 사냥이면 모를까, 이만치나 무리가 모였으니 지금쯤이면

이 산에 사는 온 짐승들이 우리가 온 것을 알 게다."

"그렇습니까."

"하물며 이번 상대는 조선팔도 호랑이 중에서도 가장 용맹하고 영민한 백호산군이니, 아무리 조심스레 산을 탄다고 하더라도 자취를 들킬 수밖에 없을 게다."

아이는 은근슬쩍 윤 원장을 깎아내리는 것으로 박 도사의 윤 원장을 향한 평가나 감정을 짐작해 보려 했으나 박 도사는 간단히 말을 돌려 버렸다. 아무래도 아이의 말솜씨로는 박 도사의 속내를 끄집어내기는 어려울 듯싶었다.

푹, 턱. 박 도사는 주머니에서 단도를 꺼내고는 식힌 감자를 반으로 잘라 아이에게 건넸다. 아이는 포슬포슬한 감자를 입에 털어 넣었다. 감자의 속이 부서지며 고소한 단맛이 입안을 가득 메웠다. 오물조물 씹어다가 삼키니 겨울 설산의 냉기로 얼어붙은 식도부터 위장까지 갓 구운 감자의 온기가 훑고 내려가는 것을 느낄 수 있었다. 맛이 아니라 열을 먹는 셈이었다.

"백호산군이라는 호랑이가 그렇게 대단합니까?"

아이는 박 도사가 백호산군을 언급할 때면 호들갑을 피우는 것이 마뜩잖았다. 아무리 매섭다고 한들 고작해야 금수에 불과하지 않은가?

하지만 박 도사는 아이와 달리 생각하는 모양이었다.

마치 호랑이를 사람 대하는 것처럼 굴 때조차 있었다.

"그럼. 백호산군은 황소를 문 채 담장을 뛰어넘을 정도로 힘이 세다지. 마을 사람들이 이레를 들여 만든 함정을 피해 도리어 범 포수들이 구덩이에 빠진 적도 있다더라."

"백호라고 해도 짐승인데, 그저 우연히 일어난 일 아니겠습니까?"

"애초에 백호는 보통 호랑이가 아니다. 범이 500년을 묵으면 그때부터 털이 하얗게 세기 시작하지. 그래서 태평성대가 아니면 그 모습을 드러내지 않는다고도 한다."

아이는 코웃음을 쳤다.

"그렇다면 백호는 요순 이래 한 번도 모습을 드러낸 적이 없었겠습니다. 더욱이 지금 같은 시절이면 백호는커녕 그 터럭이라도 찾을 수 있겠습니까?"

박 도사는 이번에도 갈갈갈 웃으면서 아이가 꺼낸 맹랑한 소리를 받아쳤다.

"아니, 그렇지만도 않지. 어디 백호라고 마냥 산속에 숨어 지내고만 싶겠느냐. 오히려 역으로 생각해서 보거라. 백호가 큰 뜻을 품고 더러운 세상을 깨끗하게 씻어내고 크게 호령하고자 하면, 그때 태평성대가 온다는 게 아니겠느냐?"

아이는 박 도사가 태평성대라는 말을 참 태평하게도

담는다 싶어 질색을 했다. 조선총독부가 이 땅의 사람들을 수탈한 지가 몇 년째인데, 감히 괴력난신의 힘을 빌었다면 만사가 다 잘 풀렸으리라는 소리를 한단 말인가.

"백호는 오래전부터 벽사진경辟邪進慶과 기복호사祈福豪奢의 뜻을 품은 신령한 존재였다. 그중에서도 백호산군은 오래도록 조선 땅을 살폈다고 하지. 일설에는 이 백호산군이 충렬정경부인의 사숙이 되며 어린 곽재우 장군을 돌본 적도 있다고 하더라."

박 도사는 곰방대를 물고 담배에 불을 붙인 뒤, 백호산군의 전설을 하나하나 이어나갔다.

"그런 귀한 호랑이를 원장님은 왜 사냥한다고 하십니까?"

"원장님이 잘되어서 나라에 큰 쓰임이 되겠다고 하시잖니. 원장님이 어떤 사람이냐면 말이다. 의원 일을 하시지만 그것 말고도 총독부의 토지 조사 사업에서 조사원으로 일하면서 큰돈을 버셨지. 원장님이 그때 많은 조선인들의 땅을 참 잘 지켜주셨다더구나. 반대로 원장님에게 대들었다 땅을 모조리 몰수당하고 거리에 나앉을 뻔한 사람도 있고, 아주 힘이 있으신 분이다."

아이는 박 도사가 떠드는 원장에 대한 자잘한 이야기를 한 귀로 듣고 한 귀로 흘려 버렸다. 아무래도 좋을 이야기들뿐이었기 때문이다.

아이와 박 도사가 대화를 나누는 사이, 윤 원장은 아예 만취하고 말았다. 윤 원장은 바닥에 드러누운 채 코까지 골아가며 곯아떨어졌다.

"야마모토 정호군은 범 사냥을 마친 뒤, 조선 호텔에서 호랑이 고기 시식회를 열었다고 하더라. 우리끼리는 지금이야 감자를 구워다 먹고 있지만 원장님 머릿속에서는 범 고기를 굽고 있을지도 모르겠어."

박 도사는 윤 원장을 업어다가 초가집의 안방에 눕혔다. 귀한 도자기를 옮기기라도 하는 것처럼 조심스럽고 세심한 태도였다. 아이는 박 도사가 어떤 사람인지 알기는 포기한 채 잠이나 자기로 결심했다.

아이는 다른 집에서 가져온 이불을 들고 창고로 들어갔다. 무슨 연유인지 벽에 아이의 머리만 한 구멍이 뚫려 있어 바람이 쌩쌩 불고 월동을 대비하기 위한 기름 냄새가 역했지만 경찰서 감방보다는 훨씬 지내기 편했다. 문 밖으로 보이는 달 주변에 구름이 낮게 흐르고 있었다. 아무래도 내일은 눈이 내리겠지 싶었다.

다음 날 아침, 날이 밝아오자 조선 정호군은 마을에서 벗어나 고원으로 향했다. 하늘에는 구름이 무겁게 뭉쳐 있어 지금 당장이라도 눈이 내릴 것 같았다.

박 도사는 익숙한 길이라는 듯 거침없이 걸으면서 일행을 이끌었다. 점심 무렵에 굿을 한 다음 음식을 나눠 먹는 것으로 조선 정호군의 사기를 높이고 체력을 다질 계획이었기 때문이다.

산을 오른 지 두 시간가량 지났을 무렵, 조선 정호군은 독특한 부지에 도착했다. 주변의 지형이 마치 호롱박의 안처럼 팔방이 솟아오르고 가운데는 푹 꺼진 형상이었다. 여기에 나무가 빽빽하게 자리를 잡고 무릎 높이까지 눈이 쌓였기에 걷는 것조차도 쉽지 않았다. 박 도사는 목표했던 장소에 도착했다면서 짐을 풀어 대기 시작했다.

"이곳은 등잔혈이라 합죠. 풍수지리에서는 묏자리로 쓰면 후손은 부를 얻는 대신, 한 대에 한 명은 호랑이에게 잡아먹히는 팔자가 되는 곳이라 합디다. 길에 흉이 따르고 흉이 길을 부르는 형국이라 할 수 있습죠."

박 도사는 병풍을 깔고 돗자리를 편 뒤 제사상을 차리면서 윤 원장에게 앞으로 있을 의식에 대해 설명했다. 윤 원장은 어젯밤 술에 취한 데다 평소와 달리 한데서 잠들었던 탓에 두통과 몸살로 끙끙거릴 뿐이었다.

아이는 박 도사가 마련해 준 새빨간 옷을 입은 뒤에는 가만히 앉아 포수와 일꾼들이 박 도사가 깃발을 세우는 것을 돕는 모습을 지켜보기만 했다.

굿을 위한 물건 배치를 마친 뒤, 박 도사는 아이를 불러다가 돗자리 한가운데 데려다 놓고는 옷에다가 금줄로 매듭을 묶고, 머리에 쑥으로 만든 장신구를 하나 꽂아 주었다.

"애호艾虎라는 것이다. 오독을 막아 주지."

다음으로는 제사상을 삼색실로 장식하고 음식을 올렸다. 떡, 메, 술, 북어, 탕, 다시마, 메밀범벅 등 산신에게 바치기 위한 요리들이었다.

"자, 이제 호서낭반혼굿을 시작하겠소!"

박 도사는 복숭아나무로 만든 활을 들어 북쪽을 제외한 방위를 향해 쏘았다. 어디에선가 새가 우는 소리가 들려오니 신칼을 던져 사사로운 기운을 쫓아내었다.

다음으로는 제문을 읊기 시작하였으니, 한글은 읽을 줄 알더라도 한자를 모르는 아이나 포수들로서는 그저 영문 모를 읊조림에 불과했다.

아이는 가만히 앉아 도시에 두고 온 동생들을 생각했다. 이제 돈을 주체하지 못하는 부자들이나 떠올릴 이 촌극만 끝난다면, 20원을 들고 돌아가서 동생들을 배불리

먹일 수 있을 것이다.

아이는 박 도사가 웅얼거리는 소리를 들으면서 이 일이 끝나고 받을 돈을 어떻게 쓸지 계획했다. 아무래도 15원은 남겨서 장사 밑천으로 삼아야지 싶었다.

박 도사는 조용히 주문을 외우다가 곧 눈을 뒤집어 뜨고서는 장구와 꽹과리를 쳐가면서 온갖 요란을 떨기 시작했다. 금속이 찢어질 것만 같이 날카로운 소리가 산을 요동치게 만들 정도였다. 박 도사의 주문도 웅얼거림에서 외침으로, 외침에서 비명으로 바뀌었다. 주변에 서서 굿을 바라보던 조선 정호군은 모두 질린 표정이 되어 어서 이 소란이 끝이 나길 바랐다.

'눈보라가 매섭다.'

아이는 하늘을 올려다보며 속으로 중얼거렸다. 굿이 절정에 이르면서 어느샌가 눈이 내리다 못해 눈보라가 일기 시작했다. 눈은 깨진 유리조각처럼 날카롭게 조선 정호군의 살결을 스쳐지나갔다.

짙은 눈구름이 해를 가리고 눈보라가 산을 뒤덮자 조선 정호군은 대낮임에도 불구하고 어둠에 갇힌 기분이 들었다.

이제 박 도사는 양손에 불 타는 향나무 장작을 쥐고 빙글빙글 돌면서 춤을 추기 시작했다. 장작에서 매캐하게 연기가 피어나더니 곧 굿판을 뒤엎었다.

아이는 눈을 감고 숨을 멈추었다. 장작의 연기가 너무나도 매운 나머지 눈코를 감추지 않고서는 견딜 수가 없었던 탓이다.

"크허어엉!"

저 멀리서 호랑이가 포효하는 소리가 들렸다. 포수들은 놀란 눈으로 각자 가지고 온 총기를 꽉 쥐고서 주변을 경계했다. 윤 원장 또한 권총을 쥐고서 좌우를 둘러보았다.

"범이 얼마나 가까이 있는지는 모르겠는데, 이렇게 눈보라가 거세면 범 사냥은 무리이지 않은가? 굿도 멈춰야겠어."

"저도 동의합니다, 원장님. 이런 날씨가 계속되면 호랑이보다 눈사태에 잡아먹힐 위험이 더 크겠습니다."

한 치 앞도 보이지 않을 정도로 눈발이 휘날리자 윤 원장은 굿을 구경하던 포수들에게 다가가 사냥을 중단하기를 요구했고 포수들도 그에 동의했다. 아무래도 당장은 꼼짝도 하기 어려울 모양새였다.

윤 원장은 손을 들어 눈가를 가리는 것으로 시야를 확보하려 했다. 하지만 강하게 부는 바람은 하늘에서 떨어지는 눈만이 아니라 땅에 쌓인 눈까지 휘날리게 해서 영 소용이 없었다.

턱, 쿡. 무언가 부러지는 소리의 뒤를 이어 방금 전의 무언가가 눈밭에 파묻히는 소리가 났다. 윤 원장은 어떻게든 시야를 확보한 뒤에 무슨 일이 일어난 것인지를 깨달았다. 굿판의 저편에서 망을 보던 범 포수 하나의 목이 떨어져 나간 것이었다. 윤 원장은 차디찬 공기를 데우는 피비린내를 맡았다.

"백호산군이다!"

"어서 총을 들어라! 포수끼리 맞히지 않도록 주의해라!"

포수들은 기겁해서 고함을 쳐 가면서 주변을 경계했다. 아무리 백호산군이 영험하다 하더라도 예닐곱의 인간이 모여 굿판을 벌이고 있는 한가운데에 덤벼들 것이라고는 상상하지 못했기에 경악할 수밖에 없었다.

하지만 박 도사는 굿을 멈추지 않았다. 마치 호랑이가 사람을 잡으러 오기만을 비는 것 같았다.

"제기랄, 그냥 호랑이도 감당하기 어려울 날씨에 백호라니! 하얀 가죽 때문에 눈보라 속에서는 도무지 보이지가 않는다! 모두 한데 뭉쳐라! 일단 마을로 돌아가야 해!"

윤 원장은 조심스레 박 도사와 아이 쪽으로 발걸음을 옮겼다.

"박 도사! 이 친구 아주 접신을 했나! 아이야, 너라도 어서 내 곁으로 오거라. 네 다리로는 이 눈밭을 달리기가 어렵겠다."

박 도사는 아직까지도 갈갈갈 웃으면서 아이의 곁을 빙글빙글 돌고 있었다.

"백호가 덤벼든다! 다들 달려라!"

포수들의 총소리와 비명소리가 들리다가 눈보라의 포효에 그만 묻혀 버리고 말았다. 백호는 으르렁거리는 소리도 없이 조용히 포수들을 하나하나 척살하였다. 먹기 위함이 아닌 죽이기 위한 사냥이었다.

"백호산군이 오래도록 조선 땅을 살폈다더니, 그간에 잡아먹은 조선 사람도 많겠다는 계산은 못했구나."

아이는 박 도사가 내뱉는 주문으로 정신이 혼미해지는 와중에도 비꼬는 소리를 내뱉었다.

아이는 윤 원장의 손을 붙잡고서는 달렸다. 둘 다 자꾸 발이 눈밭에 빠져 뛰기가 쉽지 않았지만 어떻게든 서로를 지탱하며 마을로 향하고자 했다.

"범이한번사람을먹으면그창귀가굴각屈閣이되어범의겨드랑이에붙어산다두번째로사람을먹으면그창귀가이올彛兀이되어범의광대뼈에붙어산다세번째로사람을먹으면그창귀가육혼鬻渾이되어범의턱에붙어산다."

박 도사는 영문 모를 소리를 하며 계속 춤을 추었다.

윤 원장은 결국 박 도사가 창귀에 씌었구나, 결론을 내리고는 박 도사나 아이를 데리고 도망가기를 포기한 채 뒤로 달려 나갔다.

아이는 눈보라 너머에서 포수들이 어디에 있는가를 찾았다. 사람이 남긴 발자국보다 눈밭을 나뒹구는 머리를 더 쉽게 찾을 수 있었다. 아무래도 모두 다 죽었겠지 싶었다.

얼마 뒤, 아이와 윤 원장은 어제 머물렀던 마을까지 도망치는 데 성공했다. 두 사람은 아무 곳이나 바로 보이는 집으로 들어가기로 했다. 아무리 백호산군이 영악하더라도 문을 열 줄은 모르리라 짐작했기 때문이었다.

하지만 일은 생각만큼 잘 풀리지 않았다. 다른 호랑이의 세 배는 됨직한 덩치의, 바탕은 하얀 빛깔에 검은 빛 줄무늬를 가진 백호가 어느새 두 사람의 앞을 가로막고서 으르렁거렸다.

"이것, 이것부터 먹어라!"

"아얏!"

윤 원장은 백호를 보자마자 아이를 들어다가 그 앞에 던져 버렸다. 아이는 눈밭 위로 떨어져서 다치지는 않았지만 자꾸 미끄러지는 바람에 제대로 서질 못했다.

하지만 그의 비책은 별 효과가 없었다. 성난 백호는 눈에 파묻힌 아이를 지나치고는 윤 원장의 앞까지 성큼성큼 걸어왔다. 백호의 기준에서 연약한 아이보다는 비열한 어른 쪽이 더 우선적으로 처리할 사냥감이었기 때문이다.

"조선 남아의… 담력을 보여 주자…. 루스벨트가 별거다냐…."

"호랑이여 오거라…?"

"원장님께서는 이 상황이 되어서도 야마모토 정호군이 부르던 노래를 부르십니까? 하여간 어지간히도 기개가 크신 분입니다."

박 도사는 어깨에 묻은 눈을 털어내며 윤 원장의 태도를 비꼬았다. 그는 어느새 나타나 백호 옆에 서 있었다.

아이는 박 도사의 낯빛을 살펴보았다. 언제나처럼 웃고 있었지만 그 안의 적의를 찾아내기는 어렵지 않았다.

"바, 박 도사! 박 도사! 나 좀 살려 주게!"

싸늘한 분위기가 윤 원장의 외침으로 더 차갑게 얼어붙고 말았다. 박 도사는 윤 원장의 간절하기 짝이 없는 목소리에 조소하며 백호 앞으로 나섰다.

백호는 박 도사가 어떻게 움직이건 별로 개의치 않는 눈치였다. 산짐승 특유의 짙은 누린내가 아니었다면 백호가 이 자리에 있다는 생각조차 떠올리지 못할 정도로 차분했다.

"무슨 일입니까? 그토록 염원하시던 백호산군을 코앞까지 대령해 드렸지 않습니까?"

"아니야. 내가 잘못 생각했네. 그저 목숨만 부지하고 돌아가면 그걸로 족하겠어서…."

박 도사는 방금 전에 모가지가 달아난 포수들을 떠올렸다. 하나같이 죽어 마땅한 무뢰배였음은 맞다. 하지만 윤 원장에게는 포수들의 고용주로서 그들의 죽음에 대한 책임이 있었다. 최소한 지금처럼 자신의 목숨만이라도 부지하게 해 달라고 구걸하지 않을 정도의 기백은 있어야 했다.

이 모든 상황은 박 도사가 꾸민 일이었다. 하지만 박 도사는 어디까지나 함정을 준비했을 뿐, 여기에 기꺼이 뛰어든 것은 윤 원장이었다. 무엇보다 박 도사는 몇 번이고 이 일이 얼마나 위험한지를 경고했었다.

"임금께 바칠 수랏상을 엎어 버리는 신하가 어디 있겠습니까?"

"임금이라니, 무슨 허튼소리인가!"

박 도사는 더벅머리를 긁으면서 윤 원장의 타박을 웃어넘겼다.

"원장님께서는 제가 백호산군을 모시는 창귀라는 것

을 아직도 모르십니까? 제가 아니면 그 누가 여기에 계신 백호산군께 총포를 들고 마을을 약탈하던 저 포수들이나 총독부의 앞잡이 노릇을 하다 덴노에게 백호의 가죽을 바쳐 내지에서 장사를 하겠다는 원장님처럼 먹음직스러운 만찬을 마련해 드리겠습니까?"

"함은, 도사가 이 모든 일의 주모자라는 말인가?"

"아니면 그것 말고서 어디 앞뒤가 맞는 노릇이 있겠습니까? 여기 오래고 귀하신 백호산군의 충실한 굴각이자 이올이며 육혼으로서 정호군을 꾀어낸 것이 분명하지 않습니까."

"어디 인간이, 한낱 미물인 범 따위에게…."

박 도사와 윤 원장이 옥신각신하는 사이, 아이는 고개를 돌려 백호산군을 바라보았다. 백호산군은 앞발에 묻은 포수들의 피를 핥아서 지우고 있을 뿐이었다.

"원장님. 원장님의 말씀대로 호랑이가 미물에 불과하다면 미물에 잡아먹히는 인간은 미물보다 못한 팔자인 것이 아닙니까? 계몽주의와 인본주의를 배우신 원장님이라면 그런 말씀은 피하셔야 하는 것이 아닙니까?"

윤 원장은 박 도사의 비아냥을 들은 뒤에야 자신의 목줄을 쥐고 있는 것이 박 도사라는 사실을 재차 인식했다. 하지만 이제 와서 굽실거리더라도 그의 결말이 달라지기는 어려울 모양이었다.

"원장님. 자기 소유가 아닌 것을 취하는 자를 도盜라고 합디다. 남을 못살게 굴다가 목숨까지 빼앗는 자는 적賊이라고 하고요. 원장님께서는 다른 사람을 음해하고 부당한 시국에 눈을 감는 것으로 남의 것을 취하셨으며 그로 인해 사람들이 죽었으니 양자에 다 해당하십니다."

"내가, 내가 어째서 도적이라는 말인가. 나는 아무 짓도 한 게 없어. 다 총독부에서 정한 방침이지 않은가? 해수 구제 사업이니, 토지 조사 사업이니 내가 주도한 바가 아닐세. 오히려 내가 얼마나 많은 조선인을 지켜 주었는지 알지 않은가? 이제 시대가 달라졌어. 조선 남아가 일본 남아에 지지 않는다는 것을 보여 줘야만 해. 그래야 조선인이 총독부 치하에서도 그 뜻을 펼칠 수 있지 않겠나…!"

텅 빈 마을에 누군가가 흘린 피로 가득한 웅덩이까지. 이를 마련한 것은 박 도사였지만 이 세상을 만든 것은 윤 원장이라고 박 도사는 생각했다. 백호는 결국 윤 원장의 말을 더 들을 필요가 없다고 판단했고, 다른 포수들에게 해 주었던 일을 윤 원장에게도 해 주었다.

박 도사는 아이를 다시 찾아보았다. 아이는 박 도사가 잠깐 정신을 판 사이, 아주 짧은 순간에 이미 도망을 친지 오래였다. 박 도사는 그만 웃어 버리고 말았다.

정오가 조금 지났을 무렵, 박 도사와 백호는 조선 정호군이 거점으로 삼았던 마을에 돌아왔다. 어느새 눈이 그치기는 했지만 설산에서 도망친 아이가 갈 수 있는 곳은 이곳뿐이라고 생각했기 때문이다.

"전하, 이거 심상치가 않사옵니다."

박 도사는 자신보다 앞서 가는 백호를 향해 경고했다. 백호는 고개를 들어 눈이 미처 빨아들이지 못한 아이의 냄새를 맡아 보려 했다.

"포수들이 아침에 남긴 발자국 위로만 다녔군요. 그럴 수 없는 곳은 나뭇가지로 발자국을 지우면서 갔고요."

박 도사는 아이가 남겼을지 모를 자취를 찾다가 굿을 지낼 때 장식으로 묶어 놓았던 삼색실이 풀려진 채 땅에 떨어진 것을 발견했다. 박 도사는 삼색실이 백호의 추적에 도움이 되지 않을까 싶어 허리를 숙여 이를 주우려고 했다.

탕.

박 도사는 갑작스러운 충격에 그만 뒤로 나가떨어지고

말았다. 어디선가 발사된 총탄이 그만 어깨에 적중한 것이었다. 박 도사는 안간힘을 써 가며 주변을 둘러보았다. 어디에도 인기척 하나 느껴지지 않았다. 그저 지독한 정적만이 감돌고 있을 뿐.

"허. 네 재주가 용하다, 아이야. 이거 권총탄이구나. 일일지구부지외호一日之狗不知畏虎라더니. 그 사이에 원장의 총을 훔친 것이냐?"

"제 대답을 들어서 제가 어디에 있는지를 알아내려고 하시는 거라면 원대로 해 드리겠습니다. 어차피 제 묫자리는 여기라고 생각하니까요."

아이는 박 도사의 말에 대꾸를 하며 백호가 움직이지는 않는지를 바라보았다. 박 도사는 고개를 저으면서 방금 일에 대해서 다시 칭찬했다.

"들어봐라. 이 먼 거리에서 권총으로 내 어깨를 맞혔다면 그건 대단한 일이 맞다. 아마 머리를 노렸겠지만 이정도면 성과는 충분하지. 마치 귀자 같구나."

아이는 박 도사의 허울뿐인 칭찬과 영문을 모를 비교는 무시해 버렸다. 박 도사가 더벅머리를 긁적이는 사이 백호는 아이의 목소리가 들려온 방향으로 뛰쳐나갔다.

"아이야. 백호산군께서 가신다! 어디 네 힘껏 도망쳐 보아라!"

"호랑이가 날았다."

아이는 박 도사의 외침을 들으면서 자기도 모르게 혼잣말을 흘리고 말았다. 아닌 게 아니라 아이가 숨어 있는 초가집 창고를 향해 백호가 벼락처럼 쇄도하고 있었다.

백호는 설원에 발자국도 남기지 않고서 달렸다. 초가집의 담장은 한달음에 넘어 버렸다. 장정의 머리 높이는 될 담장도 백호 앞에서는 그저 문지방이나 다름없었다.

백호는 문을 부수고서 창고 안으로 들어갔다. 커다란 덩치를 담기에는 집이 너무 좁았지만, 그래도 익숙하다는 듯 머리를 여기저기에 들이밀고 냄새를 맡다가 지금 무슨 일이 일어난 것인지를 파악했다.

"도사님. 제가 범을 잡아도 20원은 그대로 맞습니까?"

"크허어엉!"

"제 사지가 멀쩡하니 미끼 노릇을 못했다고 값을 안 쳐주는 것은 아니지요?"

아이는 박 도사를 향해 외치고는 창고의 벽에 난 구멍을 통해 방바닥에 한바탕 부어 놓은 기름 위로 불씨를 던져 버렸다.

불길이 타오르기 전, 아이는 눈을 감고 숨을 크게 들이쉬었다. 매캐한 연기가 코를 찌르면서 타오르는 기름내가 한가득 폐에 차올랐다.

백호가 울부짖는 소리가 들려왔다. 하지만 그 안에서 무슨 일이 일어나고 있는지 확인하고 싶은 마음은 들지 않았다. 아이는 재빠르게 창고에서 벗어났다.

"이 맹랑한 녀석! 눈이 오는 날이라서 망정이지, 어디 겨울산에서 함부로 불을 지피느냐?"

하지만 그 직후, 갑작스러운 호통에 아이는 놀란 얼굴이 되어 뒤를 돌아서 초가집 지붕을 바라보았다. 그곳에는 얼굴에 주름이 기괴하게 파인 노파가 새하얀 장옷을 뒤집어쓰고서 성난 눈빛으로 아이를 바라보고 있었다.

노파는 지붕에서 뛰어내려 아이의 앞에 섰다. 아이는 황당한 기분으로 자기 앞에 선 인물이 누군인가를 떠올려보았다.

"어제 산의 입구에서 봤던 그…?"

"맞다."

박 도사는 총에 맞은 어깨를 감싼 채 갈갈갈 웃고 있었다. 아이는 갑작스레 나타난 노파만으로도 당황스러웠는데 박 도사마저 웃으며 다가오는 것을 보고 지독하게 긴장하고 말았다.

"이 땡중이 잘 고르지 않았습니까!"

"두고 볼 일이지. 그대여, 나는 착호갑사백두着虎甲士白兜라 한다. 붙잡는 착捉이 아니라 입는 착着을 쓰니까 혼동하지는 말아라. 백호산군이라고도 불리지만 나는 어디까지나 그분의 신하이지 그 이름을 이을 자격은 없노라."

노파의 설명에도 아이는 여전히 긴장을 멈출 수 없었다. 아니, 이전보다도 더 경계하며 두 사람을, 아니 두 사람인지 모를 무언가를 노려보았다.

"요괴 놈들아, 나까지 잡아먹으려고 하느냐!"

"잡아먹는 것이 아니라, 백두 어르신께서 친히 너를…."

"물러가라, 이놈아. 여기부터는 내가 설명을 하마. 그대, 진정하고 들어라. 나는 도술을 500년가량 갈고 닦은 범이다. 지금은 내가 둔갑한 모습이고 그대가 본 백호가 내 본래 모습이니라."

백두는 박 도사의 앞을 가로막고서 아이에게 자신을 소개했다. 아이는 능글맞게 웃기만 하는 박 도사와 달리 진중하게 말하는 백두의 태도를 보고 조금은 긴장을 누그러뜨렸으나 여전히 두 존재를 경계하는 모양이었다.

"흥. 500년 묵은 호랑이가 무어 대수입니까. 범이건 인간이건 사람을 죽인 자는 살인자입니다. 저도 죽이려면 죽이시고, 박 도사께서는 그저 내 동생들에게 주기로 한

20원이나 잊지 마십시오."

아이는 눈을 부라리며 배짱을 부렸다. 백두는 아이의 방만하기 짝이 없는 어조에 별 신경을 쓰지 않고 이야기를 이어나갔다.

"과연. 저 중놈이 네 기백이 천량성을 찌르고 네 근성은 거목의 뿌리처럼 굳세다고 하는 모습이 과장되기 짝이 없어 내 짐작으로 영 형편없는 놈을 데리고 오나 염려했는데, 그대의 안광을 보니 아주 허풍은 아니었구나."

"그렇습죠. 이 아이의 양친 또한 독립을 위해 목숨을 다 바친 투사들입디다. 거기에 이 위험한 사냥에 따라오게 된 것 또한 동생들의 살길을 마련해 주기 위함입지요. 무엇보다 집채만 한 백호를 보고도 겁에 질리기는커녕 도리어 자기가 잡아먹으려고 들 정도로 패기가 있지 않습니까?"

박 도사가 또 굽실거리며 백두에게 다가가 그 비위를 맞추려고 들자, 백두는 성가시다는 듯 팔을 저어 박 도사를 뒤로 물러나게 했다.

아이는 이 상황을 도무지 이해할 수 없었다. 백호에게 쫓기다가 간신히 함정에 빠뜨렸다 싶었더니 그 호랑이가 노파로 둔갑했다는 사실이 믿기지가 않았다. 하지만 박 도사나 노파의 태도를 보면 이를 의심할 수도 없었다.

무엇보다 아이는 이 두 사람인지 뭔지 모를 존재들이 왜 자신 앞에 나타나서 별일 아니라는 듯이 떠들고 있는지부터가 이해되지 않았다. 그저 나를 가지고 놀기 위함인가?

“오늘 내가 한 일은 천제께서 내리신 명을 따라 천리에 어긋나는 악행을 저지른 죄인들을 벌하는 일이었다. 저 중놈도 스스로를 창귀라고 자칭하나, 실상은 하늘의 심부름꾼으로 못된 짓을 저지르는 이들의 명부를 기록하는 일을 한다.”

“그런 말씀을 저처럼 미천하기 짝이 없는 계집아이에게 하시는 연유는 무엇입니까?”

“천제께서 조선의 호랑이들에게 하늘로 올라오라 명하셨다. 이 땅에 맹수가 남아 있으면 인간들이 세를 넓히지 못할 터이니, 나처럼 도를 닦은 신수神獸들은 신변을 정리하라 하신 게지. 신선과 범이 천하를 주유하던 시절은 끝이 난 게다. 다만 몇몇 이들은 천리를 벗어나는 자들을 막기 위한 전인을 남긴 뒤 오라 당부하셨다.”

“무슨 말씀이십니까?”

“그대가 나의 전인이다. 어려운 시절이 이어지니 그대가 나의 도력과 뜻을 받아 천리를 지키어라.”

백두는 단호하게 선언하고는 아이에게 자신의 장옷을

벗어 주었다.

박 도사가 양손을 합장하고 백두에게 경건히 절을 올리고 나니 백두는 홀연히 사라지고 그 자취를 찾을 수 없었다. 아이는 태어나서 처음으로 백호산군의 힘이 담긴 장옷을 뒤집어쓴 채 갑작스러운 잠에 빠졌다.

@@@

아이가 눈을 뜨니 전날에 박 도사와 들렀던 여관방이었다. 옆에는 박 도사가 여느 때처럼 같이 느물거리는 웃음을 짓고서 앉아 있었다.

“도대체 무슨 일이 일어난 겁니까?”

“네가 들은 그대로지. 너는 백호산군의 힘이 깃든 장옷을 물려받았다. 그 장옷을 두르면 나의 옛 주인처럼 백호로 변할 수도, 백호의 힘을 낼 수도 있다. 어디까지나 네가 하늘의 뜻을 따른다는 조건으로 말이다.”

“제가 받겠노라 한 적도 없는데 무슨 일처리를 이리 하십니까?”

박 도사는 그릇에 빈대떡을 덜어주었다. 아이는 한입에 홀랑 집어삼키고는 입가를 닦았다. 아이가 깨어나기 전에 사 온 음식이었다.

아이는 거울을 바라보았다. 그 얼굴에는 어느새 호랑이 무늬를 닮은 주름이 옅게 그어져 있었다. 그 주름은 백두의 그것과도 닮아 있었다. 아이는 옆에 놓인 새하얀 장옷까지 보고 이 모든 일이 백일몽이 아님을 알았다.

아이가 장옷을 둘러보니 몸 안에 용맹한 기운이 끓어올랐다.

"살아만 와 보랬지. 어디 내 말이 틀렸느냐? 범 잡고 가죽은 벗긴 다음에 간 떼다 쓸개 떼다 이문까지 나면 웃돈도 얹어 주겠다고 하지 않았더냐."

박 도사는 너털웃음을 짓고는 자신의 더벅머리를 쓰다듬었다. 아이는 기가 차서 대꾸도 떠올리지 못했다.

"하지만 너무 자만하지는 말라. 공자 왈, 가정맹어호苛政猛於虎라. 세상 무서운 것 천지에 범의 용력을 얻어 봤자 할 일보다 못할 일이 더 많다."

아이는 샐쭉 입술을 내밀고서 답을 했다.

"이 호랑이는 다를 것이니 스님이나 조심하십시오."

아이가 펭, 콧방귀를 뀌고는 고개를 돌려 버리자 사내는 그만 웃어 버리고 말았다.

"너는 백호산군의 힘이 깃든 장옷을 이어받았음에도 아직까지도 그때와 무서운 것이 같으냐?"

"네. 저는 여전히 제가 제일 무섭습니다."

아이는 대수롭지 않다는 듯 고개를 끄덕였다. 승복 차림이면서도 까치집 머리를 한 사내는 만족스러운 미소를 지으며 곰방대를 물었다.

"제가 저답지 못하고 제가 저로서 해야 할 일을 하지 못해 동생들을 돌보지 아니하여 돌아가신 아버님 앞에 부끄럽고 낳아 주신 어머님 앞에 낯을 들 수 없다면 그것이 가장 무서운 노릇입니다. 백호산군의 용력을 물려받은 지금은 더더욱 그러합니다. 아니, 스님은 세상에서 제가 제일 무섭다는 것이 그렇게 재미나십니까?"

박 도사는 그 대답을 듣고서는 이번에도 바닥에 쓰러져서 갈갈갈 웃다가 그만 숨까지 넘어갈 뻔했다. 아이는 짜증 섞인 어조로 박 도사를 타박했다.

"그만 좀 웃으십시오. 그보다 호랑이 먹이가 되는 값으로 준다던 20원은 언제 주시는 겁니까?"

작가의 말

"네가 아직 뭘 몰라서 그러는 거야."라는 이야기가 있지요. 그런데 제가 이제까지 살펴본 결과, 뭘 모른다는 사람들은 진짜로 뭘 모르는 게 아니라 뭐가 더 중요한 것인지를 아는 사람인 경우가 많더군요. 뭘 안다고 자처하는 사람들은 그냥 덜떨어진 인간이면서 자신들의 비겁함과 졸렬함 그리고 조잡함을 지혜로 포장하는 양아치 새끼인 경우가 많았고요.

인류의 역사는 항상 절망의 시대였습니다. 그리고 그 뒤에는 언제나 "네가 아직 뭘 몰라서 그러는 거야."라면서 절망을 퍼뜨리며 발전을 가로막고 사회자산을 해체함으로써 공동체에 기생하는 사람들이 있었습니다. 동시에 인류의 역사는 항상 열정의 시대이기도 했습니다. 당연히 이 뒤에는 언제나 "네가 아직 뭘 몰라서 그러는 거야."라는 훈계와 질책에 실천으로 답하고 새로이 가치를 생산하는 사람들이 있었습니다. 뭘 모른다는 사람들을 영웅이라고 불러주는, 보다 정확한 단어로 불러주는 시대가 되면 좋겠습니다.

절망絶望과 열정熱情의 시대時代

절망과 열정의 시대 **일제강점기 장르 단편선**

1판 1쇄 인쇄 2024년 8월 19일
1판 1쇄 발행 2024년 8월 30일

지은이 곽재식, 최희라, 배명은, 이작, 홍지운
기획 구픽

발행인 김지아
표지 및 본문 디자인 Misoso
인쇄 금비피앤피

펴낸 곳 구픽
출판등록 2015년 7월 1일 제2015-27호
주소 서울시 광진구 동일로 459, 1102호
전화 02-491-0121
팩스 02-6919-1351
이메일 guzma@naver.com
홈페이지 www.gufic.co.kr

ISBN 979-11-93367-08-7 03810

※ 이 책의 수익금 일부는 한국해비타트 독립유공자 후손 주거환경개선사업에 선기부되었습니다.